僕のカノジョ先生7
鏡遊 YUKAGAMI
ILLUSTRATION おりょう

「私は唐突に現れた魔法使いのお姉さん。
サイデレラ、舞踏会に行きたいのでしょう？」

魔法少女ダンス(ノリノリ可愛く)

いぇー♪
撮って撮って、
アタシ可愛い？
可愛い？

JK詩夜ちゃんの撮影会

アイドル真香は今日限定よ？
アイドル真香を脱がせるのも、
今を逃したら二度と
ないのだけど……どうする？

お触りOK!?

僕のカノジョ先生7

月　日（　）日直

僕のカノジョ先生 7

鏡遊

MF文庫J

口絵・本文イラスト●おりょう

プロローグ
Prologue

月　日（　）日直

学校生活最大のイベント——

それは間違いなく、文化祭だろう。

僕が通う聖華台《せいかだい》学院は、中等部と高等部で文化祭が開催される。

なぜか、大学では〝学園祭〟と呼ぶそうだ。なんのこだわり？

謎は気になるけど、文化祭の話だ。

中等部の文化祭は、いわゆる〝展示〟ではっきり言ってつまらない。

地元で起きた歴史的出来事の調査発表とか、文集なんかの無料頒布《はんぷ》とか。

模擬店やイベントは禁止で、授業の延長みたいなものだ。

中等部での退屈すぎる三度の文化祭を経て、高等部に進学した生徒たちは一気にハジける。

もちろん、我が二年A組の生徒たちも例外じゃない。特に、とある女生徒は——

「さーあ、いよいよ文化祭だぜ！　野郎ども、準備はいいかー！」

「縫《ぬい》、文化祭が楽しみなのはわかるけど、まずは目の前の現実を見ようね」

「グラドルは2・5次元だから3次元のことは気にしなくていいんだよ！」

「いや、2・5次元は声優さんじゃない……?」

放課後の教室は、さっきからざわざわと騒がしい。

ついさっき、二学期中間テストの結果が配られたからだ。

聖華台《せいかだい》学院では定期テストのたびに、個人の各教科の点数、学年内での順位が書かれた紙が配られる。

てのひらに載る程度の小さな紙切れのせいで、教室内は大騒ぎ。

さっきから縫《ぬい》は元気はいいけど、目が死んでいる。

天無縫《あまなし》は、僕のクラスメイトで高等部二年生。

赤毛っぽく見えるセミロングの髪、ブラウスの上には胸がはち切れんばかりのスクールベスト。

十月に入り、聖華台の制服も衣替えしたけど、縫は相変わらずブレザーは着ないようだ。胸が大きすぎてサイズが合わないらしい。

縫は見てくれの良さは抜群なんだけど、頭脳のほうがちょっとね……。

「縫、成績ちょっと見せて。ふうん……現実逃避してるからよほどまずいのかと思ったら、少し下がったくらいじゃないか」

「で、でも下がっちゃったから……彩《さい》くんに人間失格と罵《ののし》られても、おっぱいにビンタを激しく食らわされても文句は言えない身の上。拙者、覚悟はできており申す」

「時代劇にでもハマってるの？　下がったといっても、十も落ちてないから誤差みたいなもんだよ」

「お、怒られないの？」

「とりあえず、正座してもらえる？」

「怒ってんじゃゃん！」

　意外と縫って冗談が通じないんだよね。

　性格が素直すぎて、なんでも真に受けちゃうっていうか。

「今回の中間、ちょっと難しかったよ。想定外の結果が出た人も多いんじゃないかな」

「あっ、もしかしてもしかして、彩くんも!?」

　目をキラキラさせる縫。どうせ落ちるなら巻き添えは多いほうがいいか……でも。

「おかげさまで、初めて五十位以内に入れました」

「なんじゃそらぁーっ！」

　ばしっ、と縫は僕の手から成績表をひったくる。

「う、うおおお……マジじゃん！　彩くん、ぴったり五十位……！」

　あまり大声で成績言ってほしくないけど、廊下に五十位までの名前が貼り出されるからどうせバレるか。

「彩木《さいぎ》の奴《やつ》、貼り出し組に入っただと……？」

「馬鹿な、真香《まか》先生に更生してもらって、成績まで上げるとか奴《やつ》の欲望は際限なしか？」

「あいつが彩子《さいこ》ちゃんじゃなかったら、生きて帰さないトコだぜ……」

「………」

僕の命が脅《おびや》かされている。

しかも、体育祭での大恥のおかげで命拾いするとか。

彩子ちゃん……彩子ちゃんはお亡くなりになりました。

「くっそう……そんな馬鹿な……あっ、もう貼り出されてるよね！　よし、行こう！」

「いや、わざわざ確かめなくても……わっ！」

縫《ぬい》が僕の手を掴《つか》んで、ずかずかと歩き出す。

ちらりと、貴宗天華《きそうてんか》さんの姿が見えた。

茶髪ツインテールに、下手《へた》すると小学生にも見える小さな身体《からだ》。

それでいて胸だけはグラドルの縫にも迫るほど大きいという、アンバランスな身体つきで密《ひそ》かに人気の高い女子だ。

『女子に振り回されてる、相変わらず。どんな女も来る者拒まず』

……と、天華さんはなにも言ってないのに、脳内で聞こえた気がする。

それから、縫に引きずられるようにして、本校舎一階の廊下に到着。

既にそこには人だかりができていたけど、縫が強引に人ごみをかきわけて進む。

「うげぇっ、マジで彩《さい》くんが五十位に入ってる！　おかしいな、コンタクトがズレた？」

「目は悪くないでしょ、縫。まったく、わざわざ……ん？」

ぽんぽん、と肩を叩《たた》かれて振り向くと――美春《みはる》がいた。

彩木《さいぎ》美春、妹にして一つ下の高等部一年生。

黒髪ポニーテールに、可愛《かわい》いけれど眠たそうな顔。だいぶ貧乳。

ブレザーの下には、トレードマークのパーカー。

なにやら書類の束を胸のところに抱えている。

「美春がこんなの見にくるなんて珍しいね。どういう風の吹き回し――」

「ふふん」

僕の台詞《せりふ》を遮って、美春がにやりと笑った。

なにを笑って――まっ、まさかっ⁉

僕は、慌てて貼り出されている紙に目を向ける。

ずらりと並んでいるのは三学年の成績上位者五十人。

三年生の一位に陣所《じんしょ》カレン、二年生の九位に貴宗天華。

そして、一年生の一位が――彩木美春。

「なんだとぉっ！　みはるーんっ⁉」

「実の兄より驚いてるね、縫！」

縫《ぬい》も気づいたらしく、僕より先に雄叫《おたけ》びを上げた。

「見て見て、お兄《にい》ちゃん。どんなもんよ。これで、お小遣いもアップだね」

「そんな約束、してないでしょ……」

美春《みはる》は兄のお金でソシャゲ課金までしておいて、まだ小遣いがほしいのか。

とはいえ、まさか学年一位を獲《と》ってしまうとは……。

美春は、つい先日の生徒会長選挙で、次のテストでは学年一位を獲ると宣言した。

その選挙自体は落選したのだけど、公約を果たしたとも言える。

「本当に凄《すご》いよ、美春。よくやった、よくやった」

「わっ」

僕が美春の頭を撫《な》でてやると、妹は身体《からだ》をすくめて恥ずかしそうにする。

「お兄ちゃんに褒められたのなんて、何年ぶりだろ……」

「今までがダラけすぎてたんでしょ。あ、写真撮って父さんたちにも送っておこう」

「えぇ～、そこまでしなくても」

「いや、これマジで凄いことだから」

中間テストは選挙の直後だったので、あらためて勉強する暇はほとんどなかったはず。

なのに、いきなりの一位だからなあ……これまでずっと普通レベルの成績だったのに。

この貼り出された順位を両親に送れば、美春を溺愛してる二人も喜ぶだろう。

「みはるん、一位おめ！　あっ、詩夜《しや》パイセンにも送っとけば？　気にしてるよ、きっと！」

「ああ、そうだね」

妹に抱きついて喜んでくれてる縫に答えて、スマホで順位表をパシャリ。

両親と詩夜ちゃんにLINEで送っておこう。

「あ、マコ。アタシはいらないよ。自分で今撮ったから」

「そうなの？　それじゃ、ウチの親だけ――って、詩夜ちゃん!?」

「ハァイ、マコ、ハル、まなっしー♪」

ひらひらと手を振っているのは、幼なじみのお姉《ねえ》さん――京御《けいみ》詩夜ちゃん。

栗色《くりいろ》のクセのある長い髪、ケバくない程度のメイク。八重歯がチャームポイント。

カットソーに薄手のカーディガン、ロングスカート。

制服姿の生徒の中だと、めちゃくちゃに目立ってる。

「詩夜ちゃん、なんでここにいるの？」

このお姉さんは、聖華台《せいかだい》大学の二年生だ。

高等部の卒業生でもあるけど、なんで急に現れたんだか。

とりあえず、貼り出しを見てるみなさんの邪魔になるので、廊下の端っこに移動。

縫は別の友達を見つけて、わいわい騒いでるので置いてきた。

「ちゃんとした用があって来たんだよ。ついでに、そろそろ成績貼り出しかなと思って。ハル、すげーね。まさかマジで一位獲《と》っちゃうとは思わなかった」

「へへー」

詩夜《しや》ちゃんも、美春《みはる》の頭をナデナデ。

僕に撫《な》でられたときより素直に喜んでるっぽい。

まあ、僕ら彩木《さいぎ》兄妹《きょうだい》には詩夜ちゃんはお姉《ねえ》さんみたいなもんだから。

「それと、マコも……よくやった！　マコはできる子だと思ってたよん！」

「うわっ、詩夜ちゃん……！」

詩夜ちゃんが、がばっと無造作に抱きついてくる。

意外と大きいおっぱいの感触と、淡い香水の香りが！

「家庭教師として鼻が高い！　これでマコのおじさんおばさんにも堂々と報告ができるね！」

「う、うん。詩夜ちゃんに教えてもらったおかげ……ん？」

な、なんだ……どこからかゴゴゴゴゴという擬音が！

恐る恐る振り向くと――

「彩木くん、今回はよく勉強したみたいね」

長い茶色の髪、カットソーの上に長袖ピンクの上着、膝丈のスカート。

聖華台《せいかだい》学院高等部が誇る高嶺《たかね》の花《はな》、藤城真香《ふじきまか》先生だ。

そして、僕にとっては――〝カノジョ先生〟というふわっとした関係の人だ。

そのカノジョ先生は、とても笑顔だ。

担任しているクラスの問題児が上位五十位以内に入ったのだから、喜ばないはずがない。

でも、僕は気づいてるんだ。

真香先生のこめかみに漫画みたいな怒りマークが浮かんでることに。

「ああっ、マカ様……じゃない、藤城先生！　こんにちは！」

「あのね、京御《けいみ》さん。高等部に出入りしてはいけないとは言わないけれど、あなたは目立つのだから自重してね？」

「はぁ、マカ様ってば今日もお綺麗《きれい》……」

お姉さん、聞いちゃいない。

詩夜ちゃんは、真香先生の信者だったりする。

栗色《くりいろ》の髪も、真香先生を真似《まね》て染めたものだ。ちょっと色違うけど。

「このJDも、油断できないのよね……相変わらず、彩木くんにちゃん付けされてるし」

「え、えっと、詩夜ちゃん！　詩夜ちゃんのちゃんとした用ってなんなの？」

真香先生のご機嫌がさらに悪化しつつあるので、話題を変える。

「ああ、これから文化祭の準備が本格的に始まるでしょ？　アタシもちょっと関わることになってんの」

「へぇ、去年の文化祭は大学生もけっこう見かけたけど……」

ただの来場者じゃなくて、運営側の大学生もいたのか。

「そういや、今日の文化祭会議は大学側からも人が来るって。しーちゃんだったんだね」

「ふふふ、今日のアタシはお姉《ねえ》ちゃんじゃなくて、大学の先輩だからね？　ハルでも甘やかさないから」

「美春《みはる》は相手が先輩だろうが先生だろうが態度は同じだけどね」

あ、美春め、いらんことを。

治まりかけてた真香《まか》先生の怒りマークがぴきぴき言ってる。

我が妹の美春は、選挙には落選したものの、新生徒会長からの指名で副会長に就任した。

生徒会は、文化祭の運営にも関わるようだ。

新政権発足したばかりで忙しいことだね。

「そうか、美春が持ってるの、文化祭の書類なんだね」

「そうだよ、見てみる？」

「僕、生徒会役員じゃないけど見ていいの？」

「生徒会には秘密なんてないんだよ」

そういえば、先代会長も似たようなこと言ってたっけ。

受け取って、書類を眺めてみる。

文化祭の企画案をまとめた書類みたいだ。もうかなり細かいところまで詰めてある。

「あっ！」

「えっ？　な、なに、詩夜《しや》ちゃん？」

さりげなく僕の後ろから書類を覗《のぞ》いていた詩夜ちゃんが、変な声を上げた。

「……ううん、なんでもない。アタシ、先に行ってるから」

「うん……？」

詩夜ちゃんは明らかにトボトボと肩を落として歩いて行った。

「……詩夜ちゃん、どうしたんだろ？」

「なにかな。しーちゃんが気に入らない企画でもあったかな？」

詩夜ちゃんは年齢的にはもう大人《おとな》だけど、意外と打たれ弱いトコあるんだよね。

「……また彩木《さいぎ》くんが別の女の世話を焼き始める予感ね」

「…………」

真香先生がつぶやいて、またゴゴゴゴのオーラを。

でも、先生の予感は当たるような気がする、そんな僕だった。

① 真香先生の文化祭指導

Episode 001

「我がクラスの出し物は『家族にイジめられてたけどチートで玉《たま》の輿《こし》ねらったったった！』に決まりました！」

うおおっ、とクラスのみなさんが一斉に歓声を上げる。

クラス委員でもないのに教壇の前に立っている縫《ぬい》が、勢いだけは充分な字で出し物のタイトルを黒板に書いた。

ウチのクラスの出し物は劇、というのは中間テスト前に決まってたんだけど。

なかなか内容が決まらずにテストに突入してしまっていた。

ウチの高等部の二学期は、なかなかハードスケジュールなんだよね。

「二年A組はオリジナル劇で文化祭動員数トップを狙うよー！」

「オリジナルって……要するに『シンデレラ』では？」

「はい、彩《さい》くん、得意のツッコミでいらんこと言わない！　あくまでオリジナルです！　著作権は守られております！　やめよう、違法アップロード！　グラドル天無縫《あまなし》ちゃんのグラビアを〝このＪＫグラドルのおっぱいワガママすぎる説〟とかまとめサイトに上げないように！」

途中から個人的な話になってるぞ。

縫《ぬい》は今、人気急上昇中のグラビアアイドルなので、ネット上にもかなり写真が無断アップロードされてるみたい。

「天無《あまなし》さん、あなたが仕切ってるのはあきらめるけど、それなら横道に逸《そ》れないで進めなさい。ウチは準備が遅れてるのよ」

「おおっと、そうだった」

教壇の横のパイプ椅子に座って、黙って聞いていた真香《まか》先生が口を挟む。

今はＬＨＲ《ロングホームルーム》中。

文化祭関係の話し合いは基本的に生徒任せだけど、ウチのクラスはまとまりに欠けるからね……。

「でも任せて、こう見えてもまなっしーは芸能人！　TV《テレビ》ドラマにだって出たことあるんだぜ？」

「あら、なんの役で出演したの？」

「連続殺人ミステリーで『殺人鬼がいるのに、こんな奴《やつ》らと一緒にいられるか！　あたしは部屋に籠もるぞ！』って一人で逃げちゃう役」

「真っ先に死ぬ役でしょう、それ……」

先生が呆《あき》れるのもわかるけど、まだ縫もそのくらいの役しかもらえないんだろうね。

「とにかく、あたしは劇の段取りもバッチリ！　重要なのは脚本とキャスティング！　この二つさえ決まればあとはもう終わったも同然！」

そ、そうかなあ……重要だけど、そこから先が長いのでは？

「ちなみにその二つは、あたしが独断と偏見で決めました！」

いえーいっ、とまたクラスメイトたちが歓声を上げる。

なんでもええんか、君ら。

「脚本は天《てん》ちゃん！　おっと、貴宗天華《きそうてんか》さん！」

「え？」

僕が思わず視線を向けると、天華さんは特に文句もなさそうに、こくんと頷《うなず》いてた。

天華さんが脚本……？

成績いいのは知ってるけど、脚本を書けるかとなると話は別じゃない？

「そんでそんで、意地悪な継母《ママハハ》とお姉《ねえ》さんは――」

縫が次々とキャストを発表していく。

なんで脇役から発表していくんだろ？

「王子様は――あたし天無縫がやります！　美味《おい》しいトコ持ってってごめんなさい！」

「……縫が王子様？」

シンデレラじゃなくて？

自分で仕切りつつ、一番美味《おい》しいところも何食わぬ顔で持っていく。それが天無縫《あまなしぬい》なのでは？

「シンデレラを変身させる魔法使いは——我らが真香《まか》ティー！　特別出演、よろしく！」

「……いいけれど、生徒を押しのけてわたしが出演していいのかしら？」

「二年A組といえば、あたしと真香ティーだもん。このアドバンテージを活《い》かさずしてなんとする！」

縫の主張に、クラスのみなさんも文句はなさそうだ。

まあ、正直僕も真香先生の演技は見てみたい。

「そして、お待たせしました！　主役のシンデレラは——どぅるるるるるる、どん！」

ドラムロール？

「クラスの新アイドル、彩子《さいこ》ちゃんです！」

「へー、彩子ちゃんなんだー」

「はい、そこの彩子ちゃん、現実逃避しない！　主役は君だ！」

「それはないでしょ！　シンデレラなら縫がやればいいんじゃないの！」

「あたしって、全然悲劇の少女感ないもん」

「凄《すご》く説得力はあるけど、そんなの脚本でどうにでもなる……よね？」

僕は再び天華《てんか》さんのほうを見る。

「書き上げた、もう彩子ちゃんで。ダメ出しする、私に？」

「………」

天華さんはお馴染《なじ》みのキーボード付き携帯電話をさっと掲げてみせた。

席が遠いから見えないけど、書き上がった脚本が画面に表示されているらしい。

くっ、縫め！　ここで発表と見せかけて、天華さんには既に作業させてたのか！

「攻め込む前に既に外堀も内堀も埋め尽くしてる……大坂城《おおさかじょう》でも落とせそうな見事な策略だわ。成長したわね、天無さん」

「………………」

くっ、真香先生も頼りにならない！

むしろ彩子ちゃん主役を後押しするまである！

体育祭のときは、真香先生も彩子ちゃんにえらく興奮してたもんね……。

「やったぞ！　まさか、こんなにも早く彩子ちゃんに再会できるとは！」

「彩木《さいぎ》くんとか、単なるクソ生意気系ショタだと思ってたら意外な属性で最高だよ。これは薄い本がはかどる」

「なあ、彩子……実は俺、マジで前からおまえのことが……！」

「クラスメイトみんな敵なの!?」

これは退路がない……最初からない……。

このＬＨＲ《ロングホームルーム》に出席した時点で、僕の負けは決まっていた。

どうやら暗躍が得意なのは僕や真香《まか》先生だけではなさそうだ。

もう誰も信じるもんかーっ！


『家族にイジめられてたけどチートで（以下略）』は、要するにシンデレラ。

誰でも知っている話なので、途中を多少省いても成立するのがポイントだ。

文化祭のステージは多くのクラスや部活が出し物をするので、短時間で済ませないといけない。

シンデレラなら短く話をまとめつつ、キャラ（彩子《さいこ》ちゃん）を活《い》かした横道に逸《そ》れても問題ない。問題あるけど。

おまけに、過去に上演されたシンデレラの衣装や書き割りが残されているらしい。

ある程度の手直しは必要だろうけど、ゼロからつくるよりはよっぽど早い。

「意外と、縫《ぬい》もものを考えてるんだなあ」

夜、夕食後――僕は我が家のリビングで、台本をめくっているところだ。

「縫ちゃん先輩、アホっぽいけど意外と頭は回るんじゃないかな。勉強には向かないだろうけどね」

美春《みはる》は定位置のソファに寝転んで、膝にノートPCを載せて作業中。

ソファのそばで丸くなっている白猫は、彩木《さいぎ》かごめ。

猫カフェから引き取った、僕らの家族だ。

「ん？　かごめが寝てるクッション、そんなのあったっけ？」

「ああ、美春がポチって今日届いたヤツ。気に入ったみたいだね」

美春が手を伸ばして、かごめをよしよしと撫《な》でてやる。

「いつの間にか、かごめのものが増えてるような……キャットタワーまであるし」

天井まで届きそうな木製のタワーが、リビングの隅に置かれてる。

猫が登って遊んだり、くつろいだりするらしい。

「かごめは普段、美春たちが学校行ってる間は暇なんだから、遊び道具くらいなきゃ」

「それはわかるんだけど……」

定番のボールや猫じゃらし、猫が大好きな段ボールとか、リビングの三分の一くらいが猫グッズで埋まってる。

「ちょっと買いすぎじゃない？」

「美春は今や、全校生徒の面倒を見る副会長なんだよ。猫の面倒くらい見られなくてどうすんの。キャットフードは買い置きしておいたし、トイレの始末もしてるよ」

「副会長は関係ないと思うけど……美春が人の世話をできるのは驚いたよ」

ちなみに、我が家では猫も人と同列の扱いです。

つい最近までなにもできない、赤ちゃんのようだった妹がこんなに成長するとは……。

「今は、生徒会長の世話までしてるからね。えんちゃん会長、元会計だから数字には強いけど、事務処理能力はイマイチだよ」

美春《みはる》はカタカタと漫画のプログラマーみたいにタイピングしてる。

自力でアプリとかつくっちゃうくらいだし、ＰＣ作業が得意なんだよなあ。

「お兄《にい》ちゃんのクラスに貸し出すシンデレラの衣装とかだって、美春が手配してるから。文化祭関係の資料は生徒会が預かってるんだけど、どこになにが残ってるのか記録が雑なんだよね。まったく……」

「美春が人の仕事を腐《くさ》すなんて……思えば遠くに来たなあ」

「お兄ちゃんのクラス、準備は順調なの？　記録を見ると、劇ってたまに上演に間に合わなくてステージに穴を開けることもあるみたいだよ。文化祭実行委員ガチギレ案件だよ」

「キレられるんだ……」

「ステージはプログラム多いし、タイムテーブルの管理が大変みたいだよ。間に合いませんでしたじゃ済まないんだよ。世の中ナメちゃダメなんだよ」

「お、落ち着いて、美春。生徒会が管理するわけじゃないんでしょ」

カタタタタタタタタってキータッチが速すぎて怖いから！

「おっと、一つ仕事おしまい。ターンッと」

美春が無駄に大きな動作で、Ｅｎｔｅｒキーを押す。

「なんの話してるんだっけ？　ああ、お兄ちゃんのクラスの出し物か。あれ、前評判高いんだよね」

「冗談でしょ……」

怖すぎて怖すぎて震える。

平凡な男子生徒が女装で主人公を演じる劇だよ……？

「縫《ぬい》ちゃん先輩の役名が〝おっぱい王子〟になってたのは直させた」

「手間をかけてごめんなさい……」

メインキャストは、パンフレットにも名前と役名が載るからね。

保護者のみなさまも見るパンフに〝おっぱい〟とか問題になっちゃう。

「あー、急に働き始めたから肩が凝っちゃう。この、人をダメにするソファですら癒やしきれないね」

「美春は、今までが動かなさすぎなんだよ。でもまあ、生徒会も大変そうだね。文実《ぶんじつ》のほうがメインだろうに」

「ま、新生徒会の最初の仕事だからね。ヘルプだけど張り切ってるんだよ。えんちゃん会長も他のスタッフも」

新生徒会は、会長・副会長・書記・会計・庶務の五人。

会長の縁里《えんり》以外は、前政権からスタッフは一新されている。

「そういうわけで、お兄《にい》ちゃん♡」

「な、なに?」

美春《みはる》がソファから下りて、僕の隣にぴったりと寄り添ってきた。

残念な大きさだけど、ふわふわ柔らかいおっぱいが腕に押しつけられてくる。

美春は上はパーカー、下は縞《しま》パンだけというはしたない格好《かっこう》だ。

妹のおっぱいにもパンツにもドキドキなんてしないよ?

「ちょっとさ、生徒会のお手伝いとかしてくんないかな?」

「ええ? 僕、劇の主役をやるんだけど」

「主役っつっても、短い劇だから台詞《せりふ》少ないじゃん」

美春は僕の手から台本を引ったくって、ぱらぱらとめくる。

台本のシンデレラの台詞には、蛍光ペンで線が引いてある。

「さすが天《てん》ちゃん先輩、お兄ちゃんが覚えやすいように台詞を上手《うま》く調整してあるね」

「そ、そうなの? 確かになんとか覚えられそうな分量だけど」

シンデレラを上手くまとめつつ、台詞にもキレがある。

天華《てんか》さん、何者なの?

「主役なら、ステージの準備はお役御免でしょ？　その時間を使って可愛《かわい》い可愛い妹の手伝いをしてみるといいよ？」

「美春、妹を押してくるようになったね……」

死んでもいいわ同盟、略してＳＩＤ《シド》。

僕を好きな女子たちが結成したグループで、美春もそのメンバーだった。

生徒会長選挙で落選したあと、美春はＳＩＤを抜けてこれからはただの妹に戻ることになった。

「んー、妹だもん。学校ではキリリと麗《うるわ》しい会長だけど、家では甘えたがり妹ちゃんでいくことにしよっと」

「副会長でしょ。麗しいってタイプじゃないし。甘えるのやめるって決意はすっかりどこか行ったんだね」

一つの台詞に二つ以上のツッコミどころを入れないでほしい。

「手伝ってくれたら、毎日妹のおっぱい揉《も》み放題、一緒にお風呂入り放題で大サービスするよ？」

「僕がそれで喜ぶみたいに！」

「うーん、それ以上だと兄妹《きょうだい》の一線を越えちゃうかな。美春はいいけど」

「よくないよ！」

妹のおっぱい揉《も》んだり、一緒にお風呂に入るのはなんの問題もない。

でも僕は周りの女性陣と違って常識人なので、妹にそれ以上の行為はしないよ？

「ただ、手伝いって言われても僕は生徒会の仕事なんかわからないよ」

「お兄《にい》ちゃんを引っ張り込めば、前会長もホイホイついてくるんじゃない？　あの女以上の戦力はないよ」

「あの女って！」

「美春《みはる》、もうＳＩＤ《シド》じゃないからリーダーに従う必要もないもんね。むしろ引退した今、副会長の美春には一般生徒に堕《お》ちたヤツに命令する権利があるよね」

「ＳＩＤ以前に、あの方は先輩なんだけど……」

「生徒会室に引っ張り込んで、あの女に罠《わな》かけて泣かせてみたくない？　偉そうな黒髪ロング美少女の泣き顔って興味あるよね？」

「それはちょっと面白そうな……って、なんの話なの、これ!?」

生徒会の手伝いのはずが、前会長をイジる話に向かってる。

「でもなー、美春はＳＩＤを抜けた身だけど、メンバーの誰が負け犬になるのかは気になるよ。どうせなら、しーちゃんかくーちゃんに勝ってほしいし」

「いやいや、ＳＩＤの話でもないでしょ！　えーと、生徒会の手伝いってなにをやればいいの？」

「よし、奴隷一体確保」

「奴隷⁉」

「おっと、副会長ってば口が滑っちゃった。美春はもはや一握りしかいない特権階級、富をむさぼる側の人間だから」

「そこまでの特権持ってないでしょ！」

「お兄ちゃんはなにも考えなくていいよ。美春が全部指示するから。頭からっぽにして、副会長の言うことに従っていれば幸せになれるから」

「怖い、怖いよ……」

　今からでも縁里《えんり》に言って、副会長から解任してもらったほうがいいのでは。

　でも縁里だからなあ……計算高いからなあ……。

　生徒会長選挙で争った美春をあえてふところに取り込むことで、自分の器を見せつけようとしてるんだよね。

　おまけに、美春は凄《すご》く可愛《かわい》い上に有能だし。

　間違っても縁里は美春を手放さないだろうなあ。

　もしかして、新生徒会は僕にとって最悪の政権になるのでは……？

「う、うおおおー……」

死んだ目で廊下をさまよい歩く僕。

美春《みはる》の奴隷になって、二日。

すっかり忘れてたよ……ウチの妹って無表情で冗談みたいなこと言うけど、だいたいの場合において本気なんだった。

放課後に縫《ぬい》や他の役者のみんなと、一時間ほど稽古《けいこ》。

美春がわざわざ教室まで僕を拉致しに来て、そのあとは生徒会室や文実《ぶんじつ》があてがわれてる〝第三会議室〟でひたすら労働。

各クラスから出てきた予算案や販売計画書のチェック、中庭に出る屋台の場所の割り振り、体育館のステージのタイムテーブルの作成……。

それ、僕がやる仕事じゃなくない!?

「普通に頭脳労働じゃん……パシリとして走り回らされるほうがマシかも」

僕は体力も人並みだけど、まだ身体《からだ》を使うほうがいい。

なじみのない生徒会や文実の事務作業とか、マジ苦行。

今日も文実の手伝いをしてきて、今は短い休憩中だ。どこで休もうかな……。

「彩木《さいぎ》くん、ふらふらせずにちゃんと歩きなさい」

「あっ……真香《まか》先生」

廊下の正面から歩いてきたのは、今日も麗《うるわ》しいウチの担任。

この人、毎日きっちり働いて、家でも死ぬほど勉強してるのに疲れた様子を全然見せないな……。

　他の教師だと、この時期は特にＨＰゲージが赤くなってる人も多いのに。

　芋ジャー姿のふにゃふにゃ真香ちゃんは、あれ以来まだ見てないしなあ。

「ずいぶん疲れてるみたいね、彩木くん。文化祭の準備で疲れ果てる生徒は珍しくないけど、君は重症ね」

「今や妹の奴隷なので……」

「聖華台《せいかだい》は、Ｅｍａｎｃｉｐａｔｉｏｎ Ｐｒｏｃｌａｍａｔｉｏｎ《奴隷解放宣言》が必要ね」

「必要っすねー……」

「意味わかってないわね。文化祭も大事だけれど、学生の本分は勉強よ？　やっぱり、君には適度な〝教育〟が必要だわ」

「えぇっ!?」

　ただでさえ疲れてるのに、この上真香先生の〝教育〟まで受けたら！

「心配しないで、わたしも鬼じゃないのよ。まずは、ミルクたっぷりの美味《おい》しい紅茶でも淹《い》れてあげるわ」

「紅茶のあとが怖いんですけど！」

とはいっても、僕が真香《まか》先生に抵抗できるわけもない。

そのまま、真香先生が〝わたしの城〟と呼ぶ英語科準備室へ連行される。

「彩木《さいぎ》くんがここに来るのも久しぶりじゃない？」

「試験期間中は入室禁止ですからね。試験のときが一番平穏って、高校生としてどうなんでしょ……」

真香先生も試験期間中は割とおとなしい。

単純に忙しいだろうし、あまり特定の生徒と接触してると不正を疑われかねない。

天地がひっくり返っても、真香先生が不正を働くことなんてないけど。

試験のすぐあと、文化祭の準備が始まったから本当にこの準備室には来てないね。

「今は、平穏からはほど遠いみたいね。大丈夫なの？」

「大丈夫じゃないですが、逃げたら、それこそあとが怖いですしね。美春《みはる》も縫《ぬい》も縁里《えんり》もしつこいタチですし」

「君の周りはしつこい女が多いわね。困ったものだわ」

「…………」

なんだろう、ツッコミ待ちなのカナ？

「それにしても、普通に彩木くんの口から新望《しんぼう》さんの名前が出るようになったわね……ついこの前、京御《けいみ》さんが追加されたばかりなのに……」

「追加って。縁里はただの友達ですよ」

縁里は僕を嫌っているとすら思ってたけど、単なるいいヤツでした。

教師に忠実な良《い》い子ちゃんだと思いきや、教師から僕をかばってくれていたと。

「友達ね……彩木くん、〃まずは友達から始めましょう〃というのは〃最終的にはエロいことしたい〃と同じ意味なのよ？」

「穿《うが》ちすぎです！　思春期の繊細なアレコレから出てくる台詞《せりふ》なんです！」

「そうなの？　さすが現役高校生……教師のほうも学ぶことがあるわね」

「……本当に勉強熱心ですね」

生徒側からの訂正にも素直に応じてくれるのは良い先生。

「新望さんの件は問題ないなら助かるわね。ただでさえ、わたしも文化祭で大変なのよ」

「ああ、やっぱり教師も忙しいんですね」

「忙しさもあるけど……担任はクラスの出し物に口出ししないのが原則とはいえ、劇に決まったのが致命的だったわね」

「え？　劇だと問題があるんですか？」

「あるに決まってるわ！　彩木くん専用メイドカフェ以外になにをやるというの!?」

「むしろ、それ以外ならなんでもいいです！」

「もちろん、ご主人様にご奉仕するメイドはわ・た・し・だ・け♡」

「もう文化祭の出し物でもなんでもないですよ、それ！」

いったいなにを妄想してるの、この担任教師！

「わたし、メイド衣装もぬかりなく用意してあるわよ？　以前のネコミミメイドじゃない、もっとクラシックな正統派メイド服よ。胸は谷間バッチリだけど」

「そんな衣装、学校の文化祭で使えませんよ！」

どこが正統派なんだ……。

しかし、クラシックなメイド服（胸部除く）の真香《まか》先生か……。

『おかえりなさいませ、ご主人様♡　今日もた～っぷりご奉仕《教育》しますね♡』

僕のメイド先生……！　あかんやつや！

いくら真香先生でも、劇に決まった以上はひっくり返せないことに感謝しよう……。

「やっぱりダメかしら。残念だわ……ああ、ミルクたっぷりの紅茶だったわね」

「はい、ありがとうございます」

真香先生は手際よくミルクティーを淹《い》れると、僕の前にカップを置いた。

いい茶葉を使っているらしく、香りが素晴らしい。

「ほう……美味《おい》しいですね。疲れた身体《からだ》に染み渡ります……」

「喜んでもらえてよかったわ。ゆっくり飲んでね」

「ありがとうございます。先生、紅茶淹れるの上手《じょうず》——って、あれぇ!?」

湯気を立てるミルクティーから顔を離すと、異常に気づいた。

この準備室、異常が起きすぎ！

「な、なにをしてるんですか？」

「わたし、なかなか劇の稽古《けいこ》に都合を合わせられないのよね」

「それは知ってますけど……なんでいきなり魔女なんです!?」

僕がミルクティーを楽しんでたのは長く見積もっても二、三分だろうに。

そんな刹那に、真香先生が〝魔法少女マジカル真香ちゃん〟にチェーンジしていた。

「どう？　我ながら、なかなか似合ってると思うのだけど」

真香先生は、いぇいいぇいと謎のステップを踏んでる。久しぶりに見たよ、その踊り。

黒いトンガリ帽子に、深い緑色のワンピース。

ワンピースはざっくり胸元が開いていて、丈は短く、太ももがあらわ。

メイドじゃなくてもエロすぎる……！

ご丁寧に漆黒のマントを羽織り、魔法のステッキ的なものまで握ってる。

真香先生の役は〝魔法使い〟のはずだけど、魔法少女なんだか魔女なんだか……。

「ちょ、ちょっと露出度が高くないですかね……？」

「本番では肌色のインナーを着るわ。さすがにこれだと、教頭先生の雷が落ちるわね。最近、わたしもヤンチャ扱いされてるのよ」

「体育祭にJK制服で登場したりするからでしょ」

あんなの、菩薩《ぼさつ》のような上司でもキレるよ。

生徒はみんな盛り上がってて、長く語り継がれる伝説になりそうだったけど。

「それより、彩子《さいこ》ちゃん。クラスの稽古《けいこ》には参加できない分、ここで練習しましょう」

「彩子ちゃんにはなりませんよ!?　クラスの稽古も普通にやってますから！」

「ちっ、天無《あまなし》さんも詰めが甘い……練習でできなかったことは本番でもできないのよ？本番に近い条件で練習しないと意味がないわ」

「教師らしいこと言ってますけど、彩子ちゃんに会いたいだけですよね……？」

「会いたいわ！　だってわたし、体育祭では彩子ちゃんの応援合戦は見てないのよ！」

「そりゃ仕事があったからでしょ!?　わざわざ見るほどのものでもないですよ！」

「でも、安心して！　わたしはいつだって抜かりないわ。見なさい！」

じゃじゃん、と真香《まか》先生が軽いノリで取り出してきたのは――

「女子の制服……それ、劇と関係ないですよね!?」

「関係ないといけないなんて、誰が決めたの」

「開き直られても！」

「でも、彩木《さいぎ》くんはまだ女装に抵抗があるでしょう？」

「なかったらヤバいでしょ」

それ、新たな性癖の扉が開いてるから。

「女装を恥ずかしがっていたらシンデレラはできないわ。大丈夫、サイズは合うはずよ。まずは、馴染《なじ》みのあるこの制服で少しずつ慣らしていくのよ」

「慣れたくないいんですけどね……制服だろうとドレスだろうと着たくないことには変わりないいんですが」

「これは稽古の一環よ。さあ、着ましょう。それとも、わたしが着せたほうがいい？」

「………自分で着ます」

彩木くん、年上美人の押しに弱すぎ説。

コーコ先生のせいだな、あの人のせいで年上に弱くなった。コーコが悪い。

とりあえず、真香先生には後ろを向いていただいて、女子制服に着替える。

う、うーん……着方はこれでいいんだろうか。

ご丁寧にセミロングのウィッグまで用意してるし。抜かりないなあ。

「真香先生、もういいですよ」

「意外と手間取ったわね。ふーん……やっぱり似合うじゃない、彩木くん」

「全然嬉《うれ》しくありません……」

スカートの裾をぐいぐい引っ張りつつ答える。

それにしても、意外と真香《まか》先生が冷静でよかった。

やっぱり、特に美少年でもない僕が女装したってたいしたことないだろう。

女装はこれで二度目だから、新鮮でもないし。

「では、お互い忙しいのだし始めましょう。大丈夫、今日の〝教育〟は劇の稽古《けいこ》よ。わたしが絡むのは彩子《さいこ》ちゃんだけだもの、二人いればいいのよね」

「それはそうですね」

魔法使いは突然現れて、突然シンデレラを変身させて、そのあとは登場しない。

美味《おい》しい役だけど出番は少ないからこそ、教師の特別出演もアリなんだろう。

「私は唐突に現れた魔法使いのお姉《ねえ》さん。サイデレラ、舞踏会に行きたいのでしょう？」

「いきなり始まりましたね。え、ええ、でも着ていくドレスも馬車もないの」

サイデレラという役名はかなりどうかと思うけど、劇のリーダー《縫》のこだわりらしいので変更は認められなかった。

「任せなさい、君をイジめたあの憎たらしい継母《ママハハ》と姉たちをシバき回して、剥《は》ぎとったドレスを着ていけばいいのよ」

「魔法じゃなくて物理攻撃ですね！」

「舞踏会へは、わたしの赤いフィアットで送っていくわ。ファンタジー世界なら法定速度もないわよね」

「会場に着く前に気絶しますよ……って、アドリブ入れすぎです！」

「大丈夫よ、わたしは完璧に台詞《せりふ》入ってるから。本番ではちゃんと天華《てんか》の脚本どおりに演じるから、練習では適当な台詞でいいでしょう」

「さっきと言ってること違うような……」

稽古でできないことは本番でもできないのでは？

「仕方ないわ、都合よく魔法で君を救いましょう。さあ、綺麗《きれい》なドレス姿になぁーれ」

「ま、まぁ、なんて美しいドレスなの……！」

「……彩木《さいぎ》くん、どうも照れがあるわね。それならまだ大根役者のほうがマシよ。恥ずかしがるのが一番よくないわ」

「演技以前に、女装させられる時点でかなり恥ずかしいんですけど……」

女子制服で充分恥ずかしいのに、本番でひらひらドレスを着せられたらどうなるのか。

「でも、彩木くんもコスプレしてるのは新鮮ね。〝教育〟の新しいパターンじゃない？これはドレス姿も楽しみだわ。いつできるの？」

「僕のドレスは有りモノの流用ですけど、サイズの手直し中らしいです。縫《ぬい》が家庭科が得意な知り合いに頼んだとか」

「縫、なんて名前なのに天無《あまなし》さんはお裁縫できないのね。縫い物と一緒に自分の服まで縫い付けちゃうタイプなんでしょう」

「ひどい言われようだな……僕もそんな気しますけど」

縫《ぬい》はディスられるのが持ち芸です。悪口を言ってるんじゃないんです。

「ドレスがないんじゃ、舞踏会には行けないわね。もう王子様とかどうでもいいから、わたしと手に手を取って逃げましょう！」

「筋書き変わってます！」

「舞踏会でサイデレラと天無《あまなし》王子が踊るなんて死ぬほどムカつくわ」

「死ぬほど！」

教師なんだから、もっと語彙《ごい》力を！

今さらだけど、サイデレラってイタリアンファミレスみたいだな……。

「ところでこの劇って、演出は天無さんなのよね」

「ええ、脚本は天華《てんか》さんですけど、台本には縫の書き込みがいろいろ入ってます」

出演しつつ、演出もするって無理がないのかな。

演出って、本番でも指示を出さなきゃいけないだろうに。

まあ、主演兼演出ってプロの舞台でもあるみたいだから、大丈夫か？

「サイデレラにドレスを着せて、カボチャの馬車を呼び出すときに〝真香《まか》ティー：魔法少女ダンス（ノリノリ可愛《かわい》く）〟って書いてあるのはなに？」

「魔法少女ダンス（ノリノリ可愛く）です」

「情報が増えてないわ！　もしかして、日曜朝にやってる女児向けアニメのエンディングみたいなダンスを踊るの!?　わたしが!?」

「さすが先生、察しがいいですね。ちなみにこれです」

僕はスマホを操作して、よーつべに上がっているエンディング動画（公式）を再生する。

「このダンスの曲と振り付けは、商業利用でなければ使用ＯＫらしいです。確認しました。文化祭の劇は無料公演ですし、文実《ぶんじつ》にも話を通してあります」

「その手際のよさ……彩木《さいぎ》くんが絡んでるわね？」

ぎくっ。

本当に察しがいいな……侮れない。侮ったことないけど。

「彩木くん、最近普通に反撃してくるようになったわね！　これって、無垢《むく》さんでもギリギリなくらいの子供向けよ!?　この前のテニスのエキシビションといい、たまにわたしで遊んでない!?」

「そ、そんなことないですよ、嫌だなあ。ま、真香先生に魔法のダンスを踊ってもらって、その間に僕の着替えとカボチャの馬車のセッティングをするんですよ」

嫌いな嘘《うそ》をつく必要もなく、言い訳もバッチリ。

真香先生の教育は、確かに僕を成長させている。

ささやかでも反撃ができるようになったのは、いろんな意味で先生のおかげ。

「ふっ……そう来るならいいわ。受けて立つわ」

「ま、真香《まか》先生？」

「見なさい、藤城《ふじき》真香は伊達《だて》に高嶺《たかね》の花《はな》を十数年もやってきたんじゃないわよ！」

「おおっ……!?」

真香先生は、ステッキを振り、マントを翻《ひるがえ》し、きわどいワンピースから太ももを晒《さら》しつつ、見事なダンスを見せている。

「い、一回動画を観《み》ただけなのに完コピだと……!?」

「テニスはね、運動能力や反射神経と同じくらいリズム感も大事なの。ボールの動きに身体《からだ》のリズムを合わせるのよ」

「な、なにぃ……!?」

しかも真香先生の身体のキレのよさと言ったらもう……！

このさほど広くもない準備室の空きスペースで、軽やかに舞っている。

エンディング動画（公式）はひたすら可愛《かわい》らしいけど、真香先生は大人《おとな》の女性らしく妖艶さがプラスされているのが凄《すご》い……！

半分放り出してるおっぱいはぷるぷる揺れ、マントがめくれてお尻を突き出すと白いパンツまで見えて……！

「じゃじゃん……と！　あらあら、女の子が女性のスカートの中をそんな真剣な目で見てはダメよ？」

見事に踊り終えた真香先生が、意味ありげな目を向けてくる。

「もしかして、わたしのダンスで興奮しちゃったのかしら。イケない子ね……」

「もしそうだったとしても、僕に落ち度はないかと……」

本番ではインナーを着るとはいえ、やはりこの衣装は再考を求めたい。無駄だろうけど。

「もちろん、いつもの彩木《さいぎ》くんが一番だけど、彩子《さいこ》ちゃんも新鮮でいいわね。恥ずかしがってる美少女というのはいいものだわ」

「わ、ちょっ、真香先生……！」

真香先生が、僕の女子制服（！）のブレザーを脱がし、カーディガンとブラウスをはだけ、そこに豊満なおっぱいをくっつけてくる。

ニセ女子生徒の薄い胸と、美人教師の大きな胸が押しつけられ合って――

「ああ、こっちもイケない気分になっちゃうわ……百合《ゆり》っていうんだったかしら？」

「僕、男の子なんですけど！」

「男の娘《こ》……」

その目を見ただけで、違う漢字を当てはめてるのがわかる、わかるよ！

「ふふ、可愛い……これは別腹《べつばら》の可愛さだわ……んっ、ちゅっ、ちゅっ」

「わっ……」

頬《ほお》に二度、さらに唇に一度キスされてしまう。

うわわ、僕が女装しててもためらいなくちゅーしてくるとか！

「これは今後の教育が楽しみになるわ……自分のコスプレ衣装だけじゃなくて、君に似合う衣装を探すという喜びがあったのね」

「ないですよ、そんなもん！」

「んっ、ちゅっ、んちゅっ、ちゅっ……そうね、初等部セーラー……幼稚園児のスモック……バブバブなベビー服……」

「どんどん遡《さかのぼ》ってますよ！」

バブバブなベビー服ってなに!?　なんとなくイメージはあるけど！

あと、無闇にキスするのもやめて！　しかもこんな格好《かっこう》で！

「クラスの劇なんてわたしが参加するものでもないと思ってたけど、楽しくなってきたわ。いろんな意味で」

「そりゃよかった……」

彩子《さいこ》ちゃんがターゲッティングされたのはともかく。

真香《まか》先生も文化祭を楽しめるのなら……まあ、いいのか？

でも、ただの女装ならまだしもロリ彩子ちゃんはないからね！

準備は踊る、されど進まず――

なんてよくある言い回しのまねっこはともかく。

「ヤバいですよ、全然予定どおりに進んでませんよ」

「ほう、そうなのか大変だな」

昼休み、だいぶお久しぶりの屋上――

生徒会に代々伝わる鍵を、副会長サマに頼んで借りてきた。

柵にもたれかかる僕の隣にいるのは、先代の生徒会長。

「特に大変なのは文化祭全体の運営ですよ。生徒会もめっちゃ関わってる仕事ですよ。他人事《ひとごと》じゃないでしょ?」

「いいや、他人事だな。むしろ、私は一番関わってはいけない人間だ」

「…………やっぱり真面目《まじめ》ですね、カレン会長――カレン先輩は」

「まだ呼び間違えるのか。しょうがないな、彩木慎《さいぎまこと》は」

カレン先輩は苦笑しつつ、黒髪を風になびかせている。

黒髪ロングが似合う美人、きっちり着こなした制服。

ブレザーの胸元を押し上げる二つのふくらみに、すらりとした足。

聖華台《せいかだい》高等部の三年生にして、元生徒会長、見習いシスター、そしてＳＩＤ《シド》のリーダーと肩書きが多すぎる先輩だ。

「ていうかカレン先輩、最近姿を見ませんでしたね？」

「私じゃなくておまえが忙しいんだろう。試験に文化祭の準備、文実《ぶんじつ》や生徒会の手伝いまでしていれば学年の違う私と会う暇もないんじゃないか」

「なるほど……カレン先輩のクラスはなにをやるんでしたっけ？」

「おいおい、文化祭の運営側が把握してなくてどうする。ウチのクラスは外部受験組が多いからな、〝私の一枚〟というタイトルで自撮りした写真をパネルにして飾る予定だ。思いっきり適当にお茶を濁すつもりだな」

「カレン先輩のパネルは、ワイヤーで固定してＧＰＳも仕込んでおいたほうがよさそうですね」

「盗まれるの前提なのか!?」

カレン先輩、清楚《せいそ》な美人でありながら妙にエロいので校内で大人気。

生徒会長選挙のときはポスターが盗まれまくったし、そんなパネルを展示するなら強固な警備態勢を敷かないと。

監視を得意とする我が妹の出番だ。

「まったく、彩木慎は疑《うたぐ》り深《ぶか》いな……まあ、ウチの学校はのんきな生徒が多いから、誰かがきちんと警戒したほうがいいだろうが」

「企画のチェックのときに過去の記録も見てるんですが、文化祭ってけっこうトラブルが起きるんですね」

「トラブルの起きない文化祭など存在しない！」

「言い切りましたね！」

「ウチの文化祭は保護者や関係者以外の来場も自由だからな。毎年、一定数のヤバい奴《やつ》らが入り込んでくる。今年は、天無縫《あまなしぬい》もいるんだぞ」

「縫は去年もいましたけど……でも、今年はヤバそうですね」

なにしろ、縫は今年の六月頃に発表されたグラビアでブレイクして、人気が急上昇中だ。人気グラドルがいる高校の文化祭……間違いなく、縫が目当てで集まってくる人たちもいるだろうなあ。

「校内でタバコを吸うような客もいるからな。そういう馬鹿に注意するのは勇気がいるし、危険でもある。面倒な問題だ」

「えぇー……見回りは必ず複数で、ですね」

文実《ぶんじつ》と生徒会も警戒してるだろうけど、あらためて注意しとこう。

「不可抗力の事故も起きるしな。もし食中毒でも出ようものなら、来年から飲食の模擬店は一切禁止になるぞ。後輩たちから未来永劫《みらいえいごう》恨まれ続けるぞ」

「会長――じゃない、先輩、僕を脅してませんか⁉」

「ここ最近、彩木慎《さいぎまこと》にはからかわれてきたからな。胸がエロいだの、いやらシスター服だの……無責任な立場から脅しをかけるくらい正当な仕返しだろう」

「…………っ！」

そのエロい胸が僕の腕に押しつけられている……！

縫にはサイズで負けて、真香《まか》先生と同じくらいの大きさなのに。

どういうわけか、カレン先輩のおっぱいは異様に色香が溢《あふ》れすぎている。

「生徒会長の激務から解放されて、進路もほぼ固まったからな。前に言ったとおり、そろそろこちらも猛攻を再開してもいい頃合いだ」

「……僕、忙しいんでちょっと後回しにしてもらえませんかね？」

「ああ、かまわないぞ。ＳＩＤ《シド》としても彩木慎を苦しめるのは本意じゃない。だが、せっかく二人きりなんだ。少しくらい攻めておかないと」

「ええ……あの、先輩。おっぱいもなんですが……さっきから、スカートめくれまくってます」

「なっ……⁉」

カレン先輩は慌てて下を向いた。

制服のミニスカートが屋上の風に揺れて、ちらちらとシスターらしい清楚《せいそ》な白パンツがこんにちはしてる。

シンプルでありながら、なんてエロいパンツなんだろう……。

「くう、色仕掛けは慣れない……！　いや、シスターの身で色仕掛けなどしてる場合じゃないんだが」

カレン先輩は焦りつつスカートを押さえてる。

「色仕掛けは我慢しますから、生徒会か文実《ぶんじつ》の手伝い、お願いできませんかね？」

「我慢とはなんだ、我慢とは！　引退して一ケ月《かげつ》も経《た》たないのに、生徒会室にノコノコ顔を出せるわけないだろう！」

「ノコノコでもパタパタでもいいから、戦力が必要なんですよ……」

「彩木《さいぎ》慎《まこと》、私はな。一年生のときは勉強で手一杯で文化祭どころではなかった。二年生のときは生徒会長だったから、おまえが体験している以上の殺人的な忙しさでもちろん楽しめてない。だから、最後になる今年の文化祭は楽しむ側に回る！　そう、全力でだ！」

「男らしいーっ!?」

くそう、カレン先輩の迷惑を顧《かえり》みず、新生徒会にはプライドを捨てて先輩を頼らせ、僕の実務を楽にしようとしただけなのに！

僕のささやかな願いは、いつだって叶《かな》わない――

「うっとりしてないで、昼休みも惜しんで働いたほうがいいぞ」

「……いえ、僕は別に生徒会役員でも文実でもないんですけどね」

おまけに、劇の主役までやるんだよ、サイデレラは。

「彩木慎はわけがわからないな。生意気でいつも好き勝手に暗躍してるくせに、人にいいように使われてるとは。主体性があるのかないのか」

「僕はいたって平凡な人間ですよ……」

生徒会の仕事を手伝ってるのも、身内と友達がいるからってだけのこと。

「大がかりな仕事は僕には荷が重いんですよ。ふー、参ったな。もう引退して長い詩夜《しや》ちゃんなら好きに使ってもいいかな」

「おまえは先輩への敬意ってものがないな……ああ、詩夜先輩といえば」

「ご、ごめんなさい！　ウチの姉がなにか!?」

「年上への信頼も無しか！　姉でもないだろう！」

「似たようなもんなんですよ。先輩だって、瀬紀屋《せきや》さんは妹みたいなものでしょ？」

「アレが妹か……うむ……確かに施設の子はみんな兄弟姉妹なんだが……」

そういえば最近、瀬紀屋さんとは会ってないな。

カレン先輩と同じ施設の出身で、真香《まか》パパが経営する猫カフェのアルバイト店員。

「いやいや、来羽《らいは》のことはいいんだ！　それより詩夜先輩、昨日だったか、死んだような目をして校内を歩いてたぞ」

「……詩夜《しや》ちゃんが？」

あの大学デビューで、無理に陽キャを装ってるお姉《ねえ》さんの目が死んでる？

大学は今は試験じゃないはずだし、あちらの学園祭はもう少しあとだ。

「別に忙しくはないはずなのに……どうしたんだろ？」

「私は詩夜先輩にはお世話になった。あの人が困ってるなら、協力するのもやぶさかではないぞ」

「……文化祭関係でもですか？」

「ふ、ふん、あくまで詩夜先輩をお助けするだけだ！　生徒会を手伝うわけじゃないからな！」

「なんてわかりやすいツンデレ」

あと、腕組みしてスカートから手を放したせいで、またパンツ見えてます。

白くて、フリルで縁取られていて、薄い赤のワンポイントのリボン。

これは本当にエッチすぎる……って、パンツに見とれてる場合じゃない。

詩夜ちゃん、試験の結果発表にまぎれてきたときも変だったな。

ていうか僕、また新たな問題を抱え込もうとしてないか……？

とはいえ、僕は意外と詩夜《しや》ちゃんと校内でエンカウントすることは少ない。僕とは仕事内容がかぶってないからららしい。

詩夜ちゃん、具体的になんの仕事をしてるんだったかかな。

「はー……つっかれたぁ……」

部屋に入ってきた詩夜ちゃんが、持っていたバッグをどさりと床に投げる。

「ふぇー……今日はキッツかったなあ……お風呂入ってもう寝たい……」

「おかえり、詩夜ちゃん」

「ああ、ただいま、マコ。そうだ、マコ見て思い出した。お風呂入る前にアレもやっておかないと……」

詩夜ちゃんは、来ていた上着とカットソーを脱ぎ、ロングスカートもぱさりと床に落とした。

お行儀悪いなあ、脱いだらちゃんと畳まないと。

美春《みはる》が脱ぎっぱなし、散らかしっぱなしなのは詩夜ちゃんの悪影響のせいかも。

詩夜ちゃんは、上下ともに派手めの赤い下着だ。

前にもっとモロに見ているけど、下着姿ってまた一味違うエロさがあるなあ……。

おっぱいのサイズは縫《ぬい》や真香《まか》先生には及ばないものの、充分におっきい。

うわぁ……物心ついた頃から知ってるお姉《ねえ》さんとはいえ、目の前で堂々と脱がれるとさすがに戸惑ってしまう。

「えーと、どこに置いたかなあ……全然覚えてない」

詩夜ちゃんは部屋のクローゼットを開けて、がさがさと服を探してる。

なんか、えらくゴチャついてるなあ。

ハンガーパイプに吊《つ》るしてある服以外にも、乱雑に衣類が突っ込んである。

僕に背中を向けてる——というか、お尻を向けてる。

身体《からだ》をクローゼットに突っ込ませるようにしてなにか探してるので、ポーズがだいぶヤバい。

赤いパンツに包まれた、柔らかそうなお尻がこっちに突き出されていて……。

「あ、これかな……って、マコ!?　あんた、なんでいんの!?」

「反応、遅《おそ》っ！　てっきり、全然気にしてないのかと」

「んなわけないっしょ！　あんたこそもっと動じなさい！」

いや、僕だって恥ずかしいんだよ？

「なんでアタシの部屋にいんの？　どうやって、いつの間に？」

「普通に。おばさんが詩夜ちゃんの部屋で待ってなさいって言うから」

「ママーっ!?　未《いま》だに幼稚園児の感覚かーっ！」

親にとっては子供はいつまでも子供のままって言うしなあ……。

娘の詩夜《しや》ちゃんはもちろん、僕でさえまだ小さい子みたいに思ってるのかも。

「ちょ、ちょっと待ってなさい……よし」

詩夜ちゃんはクローゼットからタンクトップとショートパンツを取り出して、素早く身につけた。

僕を追い出そうとしないあたり、詩夜ちゃんの感覚も若干麻痺《まひ》してるような。

「んで……マコ、なんの用？　わざわざ夜中にウチに来るくらいだから、急用とか？」

「急用ってほどでもないかな。詩夜ちゃん、最近は毎日高等部に来てるんでしょ？　その割には全然会わないし、どうしてるのかなって」

「えらくふわっとした用件ね……あんた、なんか企《たくら》んでないでしょうね？」

「疑《うたぐ》り深《ぶか》いなあ。僕のこと、弟とか言ってる割に全然信用してないよね」

「マコにだけは疑り深いとか言われたくないー。アタシが忙しくてマコと遊んでやれないからって拗《す》ねてんの？」

「いや、全然。でも本当に忙しそうだね。さっき死にかけてたし。ちょっと働きすぎじゃない？」

「んー……まあね」

「…………」

詩夜ちゃんは根が真面目《まじめ》だから、高等部の校内を忙しく走り回っているのは不思議じゃない。

ただ、ちょっと度を越してるというか……。

「なによ、マコ。そんな不思議そうに見ないでよ。ちゃんと家では休んでるし、大丈夫。校内で会わないのは、大学生と高校生じゃ仕事の割り振りが違うからじゃない？」

「……詩夜ちゃんは、なにしてるんだっけ？」

「アタシ、ミスコン運営のリーダーを割り振られたんだよね。正直、大変……」

「あー、ミスコンかー。後夜祭でやるやつだよね。大学生が運営するんだ？」

「そう、高等部の生徒が運営すると不正が入り込むかもしれないから。大学生が担当すんのが伝統になってんのよ」

「ふーん……」

たかが高校のミスコン、不正を働いてまで一位を獲《と》る必要ないだろうに。

「ただ、マジ大変だから。マコにはこっそり、そのうち手伝ってもらうかもだけど。手伝いの大学生、数が足りてないよ、数が」

「大学からって、どういう人たちが来てるの？」

普段、大学と高等部はほとんど接点がない。

大学のキャンパスは高等部から目と鼻の先なのに、僕はどこにあるのかもよく知らなかった。

「アタシと同じ二年と一年だけだね。三年、四年は就活とか卒論で忙しいから。ま、二年が中心だね」

「高等部の文化祭を手伝うなんて、暇な人たちなのかな」

「こらこら、ボランティアで来てるんだからディスらない。みんな高等部の卒業生で、ほとんどが生徒会か文実《ぶんじつ》の経験者なんだよ。アタシだって元副会長だしね」

「なるほど……JK目当てのチャラい大学生とか来ても困るもんね」

「あんた、大学生に偏見ありそうね。ま、高等部側のチェックが入るって噂《うわさ》だよ。一緒に来てる人たち見ても、大学で真面目《まじめ》に勉強してるタイプが多そう」

「ええっ？　大学で真面目に勉強……？　馬鹿な……バイトしてお酒飲んで暴れて、合コンでお持ち帰りばかりなんじゃ……？」

「ものっすごい偏見すぎる！　真面目に勉強してる学生だっているってば！　アタシだって一年のときは一つも単位落としてないし！」

「詩夜《しや》ちゃんは元が真面目な大学デビューでしょ」

「もう大学デビューでいいけど、文化祭の手伝いに来てるのはそういう人ばっか。ただ、そうは言っても大学生だからね。悪ふざけもしちゃうよ〜」

「え、なに？」

詩夜ちゃんが急にニヤ〜っと悪魔のような笑みを浮かべる。

「マコ、ちょっと後ろ向いてなさい」

「はい」

お姉《ねえ》さんの教育が行き届いてるので、素直に後ろを向く僕。

しかし、なんかこのパターン……気のせいか、よく知ってるような？

なにやら背後でゴソゴソ音がしたかと思ったら。

「ほい、もうこっち向いていいよん、マコ」

「いったいなに……って、本当になに!?」

ああ、いつもの——準備室でよくやってるようなリアクションしちゃった！

「どう？　まだまだイケるっしょ？」

「ま、まあ……ね」

振り向いたところにいたのは、もちろん詩夜ちゃん。

ただし、大学デビュー詩夜ちゃんではなくて——JK詩夜ちゃんだった。

見慣れた聖華台《せいかだい》高等部のブレザーに、だいぶ無理をして短くしたスカート。

なぜか、古《いにしえ》より伝わるルーズソックスなるものをはいている。

「あれ、つーか思ってたより全然イケてない？　カレンちゃんとか、まなっしーより可愛《かわい》いんじゃね？」

「い、いい勝負はしてるんじゃないかな」

美春《みはる》の名前を挙げないのは、可愛《かわい》い妹には勝てないけど口には出したくないからか。

「おー、可愛い可愛い。サイズもぴったりだし、全然このままイケるじゃん」

詩《し》夜《や》ちゃんは姿見を眺めながら、くるくる回ったりスカートの裾をつまんだりしてる。

「なんなら、撮影しようか？　写真とか動画で観《み》たほうが客観的に確認できるでしょ」

「おっ、ナイスマコ！　撮って撮って。あ、アタシのスマホで撮って！　トリプルカメラ搭載の最新機種だから！」

川でBBQ《バーベキュー》のときに真《ま》香《か》先生の水着姿を撮るために、無駄に機種変したんだったね……。

詩夜ちゃんのハイスペックスマホを受け取り、写真をぱしゃぱしゃ撮り、動画も撮影してみる。

「いぇー♪　撮って撮って、アタシ可愛い？　可愛い？」

詩夜ちゃんはノリノリで、ピースだのポーズだのキメている。

ウザくなるくらい、めっちゃハシャいでるなあ……。

ちょっとハシャぎすぎなくらいに。

「ハイハイ、可愛いよ。ていうか、スカート短くしすぎじゃない？」

「アタシ、現役の頃は膝丈だったから。これくらい短いの、憧れだったんだよね」

詩夜ちゃん、オシャレなリア充ＪＤの擬態してるけど、ＪＫ時代は……黒髪三つ編みで、カレン先輩以上に制服も校則どおりにきっちり着てたからね。

「子供の頃から僕には邪知暴虐《じゃちぼうぎゃく》の王だったけど、外地蔵《そとじぞう》だったもんね……」

「なにを思い出してんの、なにを。あ、スマホ見せて」

詩夜ちゃんは僕がスマホを返すと、一枚一枚写真を確認し、動画もチェックする。

「おおーっ、やっぱ思ってた以上！　これはハルも超えたかも……？」

遂《つい》に可愛い妹を踏み台に頂点に立とうとしてるよ、この人。

くーは幼女なので、ライバルだと思ってないらしい。

お姉《ねえ》さんは、まだあの小学生の恐ろしさを知らないね。

「で、そろそろ説明ほしいんだけど。なんでいきなりJK詩夜ちゃん？」

「あ、まだそれ言ってなかったっけ？　たいした話じゃないよ」

詩夜ちゃんは、ぺろんと軽くスカートをめくってみせる。

「大学からのお手伝いメンバーは、文化祭当日はコスプレすんのが伝統なの。いろいろ悩んだんだけど、制服がいいかなって。現役当時はできなかった着こなしで！」

「そのルーズソックスもコスプレだから？」

「アタシの時代でもとっくに絶滅してたけど、憧れてたんだよね。コスプレでルーズなら、ギリいけるかなって」

まあ、確かにめっちゃ可愛い。

詩夜ちゃんは元がいいから、なにを身につけても似合ってしまう。

「そのコスなら高等部男子たちの目線も釘付《くぎづ》けだよ。馬鹿をやってる男子のところに詩夜《しや》ちゃんを送り込めば、見とれてる間に拘束できそうだなあ」

「あんた、アタシを囮《おとり》にするつもり!?」

「使える者は姉でも使えだよ。よし、正式に文実《ぶんじつ》に提出しておこう」

「するな、するな！」

「でもまあ、真面目《まじめ》な話、詩夜ちゃんだいぶ変わったよね。こうしてあらためて見ると」

「なによ、今さら」

僕はスマホの写真アプリを開いて、在りし日のＪＫ詩夜ちゃん（本物）を表示させる。

黒髪三つ編み、膝丈スカートで野暮《やぼ》ったかった頃だ。

「ビフォーアフターが凄《すご》いな。聖華台《せいかだい》大学で『ウチの大学に来れば地味だったあなたもこんなにリア充に！』って詩夜ちゃんの昔と今日の写真をパンフに載せれば受験者増えるんじゃない？」

「事態が悪化してる！　アタシの黒歴史をパンフで晒《さら》そうとするなーっ！」

「ちぇ、ダメか。どうも僕、最近学校のために働きすぎて、無意識に学校に貢献しようとしちゃってるな」

「そんな貢献しなくていいの。文化祭でみんなを楽しませることだけ考えなさい」

「……そりゃあ楽しませますよ。サイデレラちゃんですから……」

どよーんと顔が曇ってしまう。

「僕と詩夜ちゃん、美春《みはる》、みんな揃《そろ》って働くなんて初めてかもね」

「まあ、学年も違うし、ハルはそもそも働かなかったし。なんか変な感じではあるね」

詩夜ちゃんは、くすくすと楽しそうに笑っている。

ついさっきまで死にかけていたのが嘘《うそ》みたいな笑顔だ。

本当に嘘みたいだ――

「詩夜ちゃん、本当は文化祭に関わりたくないの？」

……あれ？

今、僕なんて言った？

「……もう始めた仕事だからね。最後までやるよ。ここで一人でも抜けたら、文実が破綻しちゃうでしょ」

「え、本当に……関わるの嫌なの？」

「マコ、自分で訊《き》いといてなに言ってんの。そうね、アタシはもう高等部の文化祭なんて二度と見たくもないかも」

もしかして、僕は無意識に地雷を踏んだんだろうか。

「マコ、どうして気づいたの？」

「……なんだろう、無意識？　ただ……詩夜ちゃん、ちょっと働きすぎが度を越してるというか。深く考えずに身体《からだ》だけ動かしてるっていうか」

「ふーん……あんたの観察力をナメてたのかもね。やっぱ、もっと徹底してマコを避けとくべきだったよ」

「僕、避けられてたの？」

「マコは変に鋭いからね。アタシが文化祭を嫌がってるのバレたら、理由を根掘り葉掘り訊《き》いてきそうだし。余計なことが気になったら、マコが文化祭を楽しめないでしょ」

「……そんなことはいいんだよ」

今回も、僕に気を遣ってくれていたのか。過保護なお姉《ねえ》さんだ。

困惑してる僕をちらりと見て、詩《し》夜《や》ちゃんは「ふう」とため息をついた。

「こんな馬鹿な格好《かっこう》でもしなきゃ、やってらんない。高等部時代、真面目《まじめ》にやってたせいで、また文化祭に駆り出されるなんてね。アタシはノリのいい陽キャだから、頼まれたら断れないしさ」

「詩夜ちゃん、もしかしなくても高等部時代の文化祭、なにかあったの？」

「…………」

詩夜ちゃんは黙ったまま、ベッドにどさりと横になった。

それから、しばしの沈黙——

「ねえ、マコ。一つ、聞いてほしいことがあるんだよ」

僕が生まれたときから暮らしている八階建てマンション。

建物のすぐ前に、ギャラクシーマート略してギャラマというコンビニがある。

僕はここでは主に、美春《みはる》のスイーツを補充している。

「ギャラギャラ～ギャ～ラ～、ギャラクシ～♪　宇宙で一番、ギャラクシーマート♪」

小声で歌いながら、マンションの玄関を出てギャラマへ。

「あ、〝旬《しゅん》をガン無視のモンブラン〟がない……！」

スイーツの棚を見て愕然《がくぜん》とする。

美春の大好物のスイーツが置いてない。

そうか、秋になって本当に栗《くり》の旬だからか！

美春レベルになると、あえて旬を外したスイーツのほうが美味《うま》いとか言ってるのに。

しょうがない、美春が好きそうなお菓子を適当に買っていくか。

副会長サマは僕以上にお忙しくて、糖分を欲してるだろうからね。

「ん……？」

レジで会計していると、不意に寒気を感じた。

もう十月、夜ともなれば少し肌寒いけど……エアコンの効いた店内なのに。

なんだろう……と首を傾《かし》げつつ、ギャラマを出てマンションへ戻る。

玄関ロビーに入り、エレベーターへ向かって――

「誰⁉」

再び感じた寒気に振り向くと。

「ま、真香《まか》先生⁉」

「京御《けいみ》さんのお家《うち》にしけ込んでたみたいね……わたしが目を離した隙に……」

物陰から顔を出した真香先生が、髪を口にくわえて恨みがましい目をしてる。

亡霊ですか、あんたは⁉

「い、いつから僕を尾《つ》けてたんですか⁉」

「浮かない顔で京御家を出てきたところからよ……」

「いやいや、僕の居場所を突き止めるのやめましょうよ。つーか、尾けずに普通に声かけてくださいよ」

仕事で疲れて帰ってきたんだろうに……この人だけは元気だなあ。

「彩木《さいぎ》くんがカノジョをほったらかして、他の女と何股かけてるのか気になってね……」

「カノジョ先生、でしょ。さりげなくランクアップさせないでくださいよ」

毎度のことながら油断も隙もないぜ。思わず飛び出る、まなっしー口調。

「彩木くん……今日のお昼休みは陣所《じんしょ》さんと屋上で逢引《あいび》きだったようだし、わたしの寛大さにも限度があるわよ？」

「寛大!?　そこまで僕の行動を把握しといて!?」

「それで、今度は京御さんを危機から救って、ついでにＳＩＤ《シド》から叩《たた》き出《だ》すのね？」

「いいえ、別にそれが目的じゃないです……ただ」

しょうがない、僕が微力なのはいつものこと。

そんな僕の前に次々とトラブルが舞い込んでくるのもあきらめがついてきた。

ついさっき、詩夜《しや》ちゃんから聞かされた話――

あれは、僕一人では手に余る話だ。

「ちょうどよかったかもしれない。真香先生、ちょっとお話があるんです」

「なに？」

「文化祭でファイヤストーム――やりたいんですよ」

② 真香先生の青い過去

Episode 002

聖華台《せいかだい》学院高等部の文化祭には、後夜祭もセットでついてくる。

学校側では、後夜祭は文化祭のプログラムの一つという位置づけらしい。

去年の文化祭では僕も後片付けを済ませたあとで、軽い気持ちで見に行った気がする。

来場客にアンケートをとって、出し物の中から選ばれた〝ベスト5〟の発表がメインだった。

あとは、ミスコンの投票結果も後夜祭で発表するんだったっけ。

去年は新生徒会長・陣所《じんしょ》カレンさんの圧勝でした。

二位は縫《ぬい》だったような……そんな記憶がおぼろげに。

そういえば、五位くらいに金髪の旧友もいたような……。

「縁里《えんり》ーっ！　ちょっとお願いがある！」

「うわぁっ！　び、びっくりしましたわ！　な、なんですの藪《やぶ》から棒《ぼう》に」

「藪から棒に、なんてリアルで初めて聞いたよ。あれ、縁里一人だけなの？」

生徒会室に無駄に勢いよく入ってみれば、五位くらいで金髪の旧友しかいない。

「美春《みはる》さんなら、文実《ぶんじつ》のところですわ。しばらく戻ってこないと思いますが」

「そうなんだ、美春もいると話が早かったんだけど……まあ、縁里だけでもいいか」

「わたくしだけでもいい!?　生徒会長への敬意は一ミリもありませんわね！」

「んー、僕にとっては縁里は生徒会長というより友達だからね。初等部時代から認識してる友達って、男でも少ないし」

縫も初等部からいたらしいけど、全然気づいてなかったからね。

ああ、無意識の縫ディスが続いてる。

「それより、ちょっと縁里に見せてもらいたいんだ」

「み、見せる？　なにをですの!?」

「縁里じゃないとダメなんだ！　悪いんだけど、もし見せてもらえないなら強引にでもぱかっと開かせてもらうから！」

「ぱ、ぱかっと開く？　だから、なにをですの!?」

「もちろん、それだよ」

僕はびしっと縁里のほうを指差す。

「そ、それって……なにを考えてますの！　わ、わたくしたちはただの友達ですわ！」

縁里は顔を真っ赤にして、胸を両腕で隠す。

「もうただの友達ではいられないんだよ……こうなったからにはね」

「い、いけません……わたくしは全校生徒の見本となるべき生徒会長！　清廉で高潔な陣《じん》所《しょ》カレン会長の後継者ですわ！」

「その前会長から聞いたんだよ。過去の後夜祭の記録は、会長専用のPCにしか入ってないって」

「だから、わたくしの小さな胸など——後夜祭の記録？」

「そう、ここ五年の記録はデジタルデータで会長用のPCに入ってるってカレン先輩に教えられたんだよ」

「……あの、慎《まこと》さん？　目的語をはっきりさせて話してくれませんこと？」

縁里《えんり》が、にっこり笑って言った。

気のせいだろうか、その笑顔の裏にゴゴゴゴと怒りのオーラが渦巻いてるような。

「まあ、いいですわ……後夜祭の記録？　慎さん、あなたは後夜祭には関わっていないはずでしょう？」

「ちょっと自主的に関わりたいというか……はっきり言っちゃうと、ファイヤストームについて調べたいんだよ」

「ファイヤストーム？　あのキャンプファイヤーみたいなアレですの？　木を組んで、派手に燃やすアレですの？」

「そうそう、アレですの」

「マネしないでくださいませ」

軽口はともかく、思えば名称こそ知っていても実際に見たこともない。学校行事でも遊びでもキャンプは経験あるけど、キャンプファイヤーはやったことないからなあ。

「といいますか、なにを突拍子もないことを……」

「ファイヤストームの話を真香《まか》先生に訊《き》いたんだよ。そしたら、生徒会に記録があるはずだって。後夜祭のファイヤストームは七年前から始まったらしいよ」

「七年前に始まって、今はもう廃止されてるんですの？　短命ですわね」

「カレン先輩にも訊いたら、生徒会長専用PCに後夜祭のデータを入れてあるってさ。ファイヤストームは、四年前までやってたらしいね」

「……そうなんですの？　わたくし、去年の文化祭にも関わっていましたが、そんな話は聞いていませんわね」

縁里はカレン政権の会計だったから、去年のプログラムも一般生徒より詳しいか。

「ちょっとお待ちになって。えーと、後夜祭……」

机に置いてあったノートPCをぱかっと開いて操作を始める縁里。

「ああ、ありましたわ。確かにファイヤストームというプログラムがありますわね。あら、けっこう予算かかりますのね、これ」

「さすが元会計、そこに目がいくんだ。とりあえず予算はいいから、他のデータはあるかな？　学校側の責任者とか、役所とかの許可がいるかどうかとか」

「学校側の責任者は……あら、教頭先生ですわね。なぜ？　教頭先生はネコミミカフェの特別顧問なんかもしてますわね。謎が多いですわ」

それは、教頭先生が度を越した猫馬鹿だからです。言えないけど。

「火を使うなら外部の許可も必要そうですが……詳しいことは書いてありませんわね。四年前なら、とっくに資料はデータ化されてるはずですが、紙で保存されているかも」

「生徒会ってけっこうアバウトなんだよなあ……」

生徒会室に隣接する倉庫の整理を先送りにし続けてたりもするし。

真香《まか》先生からカレン先輩、縁里《えんり》とツテを頼ってきて、ここで止めるわけにもいかない。

「しょうがない……倉庫を探ってみようか、縁里」

「わたくしもですの⁉　あのカオスに突っ込めと⁉」

「光の生徒会長の力で、混沌《こんとん》の闇を払うんだよ」

「この金髪にそんな能力ありませんわ！　慎《まこと》さん、中二病が抜けていませんの⁉」

生徒会長サマはよほど、乱雑な倉庫に入るのがお嫌らしい。

「しょうがない……じゃあ、僕一人で入ってみるよ」

「ちょ、ちょっとお待ちなさい！　一応、過去の大事な書類なんかもありますのよ。部外者一人で入らせて、紛失でもあったら問題になりますわ！　ちょっと、慎さん、少しの間、こちらを見ないように！」

僕が言われるままにしていると、後ろでゴソゴソと。

なんだか、つい最近も同じシチュがあったような。

「はい、もういいですわよ。参りましょう」

「……わざわざ着替えたんだ」

振り向くと、縁里はピンクの半袖ポロシャツに白のスコートという格好《かっこう》に変わっていた。

ていうか、同じ部屋に男がいるのに着替えるなんて。

僕って信用されてるのか、男として見られてないのか。たぶん後者。

「テニスウェアですが、運動着ですから汚れてもかまいませんの。では、突入しますわよ、慎さん。ビビったら終わりですわ！」

「戦場にでも行くんか、僕ら」

しかも縁里、無意識だろうけど僕の手を握ってるし。

まあ、手を握るくらいは友達なら普通かな。

さて、目当てのものは無事に見つかるだろうか。

「げほ、げほっ……ちょっと見なかった間にまたホコリが……！」

しまった、上着だけは脱いできたけど僕も着替えてくればよかった。

普段、この倉庫は閉め切られているせいか、すぐにホコリが積もるみたいだ。

「それにしても、なぜファイヤストームですの？　ああいう派手に火を燃やすようなイベントは、このご時世には許可が取りにくいでしょうに」

「たぶん、廃止になったのは許可の取りにくさもあるんだろうね」

昔の文化祭って、今よりはずっと大ざっぱだったんだろう。

というか学校自体が、昔はなにもかもがいい加減だったに違いない。

ウチの親が言うには、大昔は先生が職員室でタバコを吸ってたとか。

「僕なんて、先生に殴られまくってただろうな」

「は？　慎《まこと》さん、教師に殴られたことあるんですの!?　ちょっと、どなたですか！　それはさすがに黙っていてはいけませんわ！」

「いやいや、昔の学校だったらって話だよ！　体罰が当たり前だったんでしょ？」

「ああ……まぎらわしいことをおっしゃらないで」

縁里《えんり》にぎろりと睨《にら》まれてしまう。

先生に殴られたことはあるんだよね。他校の先生だったけど。

「聖華台《せいかだい》は、昔から経済的に恵まれた生徒が多い学校ですから。暴力沙汰はほとんどなかったでしょう。あなたのような生徒でも殴られることはなかったのでは？」

「僕のようなって……でも、暴力沙汰はなくなって当然だけど、いいものは残しておいてほしいなあ」

「それで、ファイヤストームですの？　確かに生徒は喜ぶでしょうけど。もし実行するとしても間に合いますの？」

「営火台《えいかだい》ってものがいるみたいだけど、借りてこられそう。薪《まき》もいるかな。今ならギリギリ間に合うと思うよ。急いだほうがいいだろうけどね」

「あなた、自分で自分の首を絞めてますわよ……ただでさえ忙しくて死にそうな顔をしていましたのに」

残念ながら、生徒会長のおっしゃるとおりだ。

本来はサイデレラの稽古《けいこ》だけでキャパがいっぱいになる程度の能力なのに、この上仕事を増やすとか正気じゃない。

「今度は、いったいなんの目的で暗躍するつもりですの？」

「……最近、どうも僕のキャラが誤解されてる気がする」

彩木《さいぎ》慎はおとなしい、教師に反抗的なことを除けば毒にも薬にもならない少年だよ。

「むかしむかし、真面目《まじめ》で一生懸命な生徒会役員がいました」

「は？　急になんの話ですの？」

「その人は真面目に働いてて、一つ楽しみな仕事があった。文化祭だよ。中等部時代に高等部の文化祭を見学して、後夜祭のファイヤストームに感動したらしい。それで、自分もいつかファイヤストームに関わりたかったんだって」

「文実《ぶんじつ》でもいいでしょうけど、あれはクラス内で適当に決めますものね。生徒会と違って選挙で決めるわけではありませんもの」

「ああ、そうらしいよ」

その真面目《まじめ》な生徒会役員さんは文実になることも考えたらしいけど、選挙で生徒会に入ったほうが確実だと思ったらしい。

「でも、その年のファイヤストームは中止になったんだって。その前年に、グラウンドで派手に火を燃やしてるのを見たご近所からけっこうクレームが入ったらしい」

「それはやむを得ませんわね。このあたりは思い切り街中《まちなか》ですし。文化祭そのものにも来場客がうるさいとか、お嬢様JK目当てのチャラ男が大勢いて治安が悪くなったとか、クレームが来ますわ」

「たった二日のことなんだから、文句つけなくてもいいだろうに」

というのは、思春期少年少女の勝手な言い草だろうか？

「その生徒会役員が中心になって学校側と話し合ったんだけど、押し切られて中止になったんだって」

アタシ、どうしてあのときもっと頑張れなかったのかな――。


僕に過去の後悔を語っていた詩夜《しや》ちゃんの悲しそうな顔が思い出される。

最近は陽気にケラケラ笑ってる顔しか見なかったけど、昔の詩夜ちゃんみたいだった。

僕にはイジメっ子だったけど、学校ではおとなしくしてたんだよな、あのお姉《ねえ》さん。

「その方のお名前は訊《き》きませんが……その方のためにファイヤストームを復活させるんですか？」

「ううん、まさか」

「今のお話、なんだったんですの!?」

ホコリまみれの縁里《えんり》が、がーっと勢いよく突っ込んでくる。

「ただのきっかけってことだよ。ねえ、縁里。ファイヤストーム、やりたくない？」

「……わたくし、キャンプファイヤーもやったことありませんわ。火を燃やすだけでしょう、そんなに盛り上がりますの？」

「人間って火を見ると興奮するらしいよ。縁里も想像してみて。普段、体育で使うだけのグラウンドのど真ん中でどーんと派手に火を燃やして、ノリのいい音楽を流して、火の周りでみんなでダンスしたりって――どう思う？」

「……アガりますわね？」

「アガるでしょ。間違いなく盛り上がると思う！」

「もしかして、ファイヤストームを復活させれば、新望縁里《しんぼうえんり》の名前が記録だけでなく、生徒たちの記憶にも刻まれますの？」

「ジャストアイデアだけど、ボールに火をつけて、縁里が営火台《えいかだい》に打ち込むっていうのはどうだろう？　テニス部のエースなら、できるよね？」

「……誰にものを言ってますの。わたくしは新望縁里ですわよ？」

「ごめん、失礼だったね。君はエキシビションで、あの真香《まか》先生にすら勝ったんだから」

「そうですわ！　わたくしのサーブなら一発必中、針の穴さえも通しますもの！」

盛り上がった縁里が、なぜか近くにあったハエ叩《たた》きをぶんっと振り回した。

さすがは生徒会長にしてテニス部のエース。鋭い振り——が、積み重なっていた書類のタワーに直撃する。

「うわっ！」

「ま、慎《まこと》さんっ！」

僕の身長より高く積み重なっていたタワーが、一気に崩れてくる。

あれ、なんだかデジャブ？

同じ場所で同じことが前にもあったような——

バサバサバサッと派手な音が響き、崩れてきた書類に視界が塞がれたかと思うと。

「い、痛たた……ちょっと、縁里。気をつけないと」

「も、申し訳ありませんわ……つい、興奮してしまって。大丈夫でしたの？」

「平気だよ、ありがとう。縁里も──ケガはないみたいだね。よかった」

僕は床に寝転んで、その上に縁里がのしかかっている体勢だ。

縁里にかばわれて転がったときに、縁里のポロシャツの裾が乱れ、スコートまで派手にめくれてしまっている。

「……先代会長の同じような姿も見たなあ」

「あなた、陣所《じんしょ》会長となにをしてたんですの」

縁里は、大きくめくれたポロシャツからブラジャーまで見えてるのに、隠そうともしてない。

「縁里、僕が言うのもなんだけど、隠したらどうだろう？」

「ふん、わたくしのこんな貧しい胸を見て喜ぶ男子はいませんわ」

どうやら、新生徒会長はコンプレックスをこじらせているらしい。

このプライドの高い友人が、彼氏でもない男に下着を晒《さら》して平然としているとは。

「言っておきますけど、誰にでも見せるわけではありませんわよ。あなたなんて、初等部からの付き合いなのですから。今さら恥ずかしがるほうが恥ずかしいんですの！」

「それもおかしいと思うけどなあ」

というか、僕はいつまで縁里《えんり》に乗っかられてるのか。

ブラジャーだけじゃなくて、スコートの下からピンクのパンツも見えてるし。

汚れてもいい服に着替えただけだから、アンダースコートまではいてないいんだろう。

さて、それを指摘するとさすがに縁里も――

「あっ!?」

「きゃっ、ダ、ダメですわよ！　わたくしなんかの下着で興奮するのは！」

「そ、そうじゃなくて……ちょっとどいて！」

僕は縁里から逃れて、立ち上がる。

「これ、これだ！　前に見て、気になってたんだよ！」

「そこまでわたくしの下着を無視されるとさすがにプライドが傷つきますわ……それで、なんなんですの？」

「この段ボールだよ……気になったのにすっかり忘れてた！」

「あなた、忘れっぽいですものね。というか、現在進行形で忘れていませんの？　ファイヤストームの資料を探してるんですわよ、わたくしたち」

「あ、そうだった……でも、待った」

僕が気になる段ボールに書かれてるのは、〝第●●期生徒会〟――

これってもしかすると――

「縁里、僕は探すものを間違ってたかもしれない」

「なんのことですの……?」

僕の中でも、まだ整理しきれてない。

ただ、ファイヤストームが実行されてた頃の資料を探そうとしてたけど。

僕らの目的は、ファイヤストームの復活だ。

そのためにもっとも参考になるのは、ファイヤストームが普通に行われてた時期の資料じゃなくて。

ファイヤストームを最初に立ち上げた生徒会の計画なのでは——?


聖華台《せいかだい》学院高等部、駐車場の裏手に旧校舎がある。

木造二階建ての老朽化した建物で、ほとんどの生徒は存在すら知らない。

もちろん、普段は生徒の立ち入りは禁止なのだけど、文化祭の準備で使いたいと恋紅《れんく》ひより先生にお願いしたら、あっさりとOKをもらえた。

生徒会長との倉庫での情事——じゃない、縁里に倉庫の捜索を手伝ってもらった翌日。

僕は劇の稽古《けいこ》を終えると、一人で旧校舎へとやってきた。

「ああ、重かったあ……!」

一階の教室に入って、持ってきた段ボールを慎重に床に置く。

壊れ物が入ってるかもしれないから、丁重に扱わないとね。

もちろん、昨日再発見した〝第●●期生徒会〟と書かれた段ボールだ。

「よく見ると、えらく厳重に封印されてるね……」

倉庫にあった他の段ボールは、口を閉じてないものも多かったのに。

この段ボールはガムテープが縦横ナナメにいくつも貼られて、〝我が眠りを妨げる者は死の翼に触れるべし〟感が凄《すご》い。

ファラオが眠ってるのかな？

「この執拗《しつよう》さ……誰がやったのか考えるまでもないね」

真香《まか》先生はテニス部でも記録を消してたりと、自分の存在を記憶にだけ残してる形跡がある。

高嶺《たかね》の花《はな》のイメージを守るためかな？　ブランディングとでもいうのか。

ああ、英語もしつこく教えられてるせいか、つい横文字が出てきちゃうね。

「まあ、わざわざ人に見られないようにこんなところまで持ってきたんだ。腹を括《くく》って開けよう」

びりびりと丁寧にガムテープを剥《は》がしていく。

必要な物を確認したらまた眠りにつかせるんだから、大事に扱わないとね。

とりあえず、厳重すぎたガムテの封印解除に成功しました。

「う、うーん……」

腹を括《くく》ったはずが、また弱気の虫が湧いてきた。

人の過去を暴き立てるようなマネはなあ……ＳＩＤ《シド》のみんなの過去とかさんざん暴いてきたけど。

「いや、でもこれは公式の資料。聖華台《せいかだい》学院生徒会に秘密はない」

「ええい、思い切りの悪い！　アタシはマコをそんな子に育てた覚えはないよ！」

「えぇっ⁉」

突然、にゅっと横から伸びてきた手が勢いよく段ボールを開いた。

僕を育てたと称する人は、親を除けば一人しかいない。

「し、詩夜《しや》ちゃん？　なんでここに？」

「あんたが暗躍すんのはわかってたよ。アタシ、いらんこと言ったかもしれないけど、マコがファイヤストーム復活させてくれるならアタシも協力したい！」

「僕も人のこと言えないけど、コソコソ人の行動を見張るのやめないかな」

「いいから、中を見るよ！　うわっ、めっちゃぎっしり入ってる。この生徒会、もの多すぎでしょ」

詩夜ちゃんは、容赦なく段ボールの中身を床に投げ出すように置き始めた。

書類をまとめたファイル、古びたペンやノートなどの文房具、「生徒会」と黒文字で書かれたTシャツ数着（なにこれ？）、ＵＳＢメモリが十本以上ある。

見たところ、ほとんど無用の長物ばかりだ。

「この期の生徒会だけじゃなくて、歴代生徒会の遺物が全部こんな感じなんだろうね」

「残念ながら、元副会長としては否定できないね……マコはなにを探してんの？」

「それも知らずに漁《あさ》らないでよ。いや、僕も具体的には思いついてないんだけど。後夜祭の記録だよ。紙のファイルか、デジタルデータかわかんない。生徒会室の会長用ＰＣにもこの年の——七年前の後夜祭のデータはなかったんだよね」

「ふーん、七年前なら余裕でＰＣ使ってたんじゃないの？」

「ひより先生に訊《き》いたら、記録がデータ保存でＯＫになったのは詩夜《しや》ちゃんの代くらいかららしいよ。昔は、なんでも紙で保存しなくちゃダメだったとか」

「はー、二十世紀生まれの重役はこれだから。合理性に欠けるよね」

「重役って。生徒会の顧問とかの指示でしょ。二十一世紀生まれが権力を握ってる組織はまだ少ないだろうね」

僕は、ファイルをぱらぱらとめくる。

「まあ、紙でもデータでもどっちでもいいよ。むしろ七年前のＰＣとかまともに動かない可能性もあるし、紙のほうがいいかも」

「前向きだね、マコ。でもファイルだけでもかなりの量だよ。うわぁ、めっちゃ几帳面《きちようめん》な字で書いてある。メモとかも挟んであるけど、なぜか英語だ……」

「まだ説明してなかったっけ。これ、真香《まか》先生が現役生徒会長だったときの資料だから」

「ええっ！　マ、マカ様の直筆書類!?　だ、大丈夫なの!?　それって国宝に指定されちゃうレベルじゃない!?　藤原佐理《ふじわらのさり》の書に匹敵するんじゃないの！」

「誰なの、佐理」

書道の名人とか？　真香先生は確かに字も上手《うま》いけど、中身はけっこうポンコツだからなあ。

その佐理さんも先生と比べられちゃ可哀想《かわいそう》。

だんだん失礼になってきたな、僕。

「え？　ちょっと待って。つまり、後夜祭のファイヤストームってマカ生徒会長陛下の代から始まったの？」

「そう言ってるよ。というか、真香先生、いつの間に即位したの」

聖華台《せいかだい》の後夜祭でファイヤストームが初めて行われたのは、七年前。

ちょうど真香先生が生徒会長になった年とぴったり合う。

ファイヤストームの企画立ち上げに、真香先生が深く関わってるはず――

「それなら、マカ様にどうやって許可を取ったのか訊けば早いんじゃないの？」

「最後の手段だね、それは。僕らは自力で権利を勝ち取らないと。真香《まか》先生たちだって、そうしたんだろうから」

僕らは前例がある分、まだマシなくらいだ。

真香先生は文化祭に関しては、特別出演の劇以外にはまったく関わろうとしてない。

頼めば協力してくれるかもしれないけど――先生は、僕らの自主性に任せてくれてるんだから、できる限り自力で頑張らないと。

「…………」

「ん？　どうかしたの、詩夜《しや》ちゃん？」

なぜか、詩夜ちゃんが僕の顔をじーっと見つめてる。

「マコ、顔はまだ子供みたいなのに、けっこう男っぽくなってきたなあ……って」

「褒められてるのか馬鹿にされてるのかわかんないな……いいから、探そうよ」

「ハイハイ、照れなくていいのにぃ」

くっ、意地悪なお姉《ねえ》ちゃんモードになっちゃったよ。

これ以上イジられないように、仕事に集中しよう。

「思った以上にファイルがあるなあ。これ、全部確認するのは時間かかりそうだね」

「全部読まなくてもいいっしょ。整理されてるみたいだし、文化祭関係は全部まとめてあるんじゃない」

「じゃあ、まずファイルを全部出しちゃおうか」

僕はよくわからないガラクタなんかをどけて、ファイルをまとめて積んでいく。

たった七年前でも、けっこう古びて見えるもんだなあ。

七年の時間っていうのは十七年ほどしか生きてない僕にとっては長いけど、誰にとっても決して短くないのかも。

「ん？　詩夜ちゃん、そのファイルからなんか落ちたよ」

詩夜ちゃんが持ち上げたクリアファイルから、ひらりと小さな紙切れが落ちた。

「あ、紙切れじゃない。写真……かな？」

僕はそれを拾い上げて、なんとなく見てみた。

写真かー。スマホではちょいちょい撮るけど、めったにプリントなんてしないから、ちょっと新鮮だ。

「なになに、写真ってもしかしてマカ様の高校時代とか!?　ヤバい、超見たい！」

詩夜ちゃんが無造作に身体《からだ》をくっつけて僕の手元を覗《のぞ》いてくる。

お姉さま、あなたも大人《おとな》の女性になったんだから、もう少し慎みをね。

「ふーん、女子高生時代の真香先生か。やっぱ、体育祭のエキシビションのときとは違うなあ」

「うわぁぁぁっ、すげー可愛《かわい》い！　こんな美少女ＪＫ、アタシだったらもう百合《ゆり》に走ってでも自分のモノにするね！」

信者が妄想を暴走させつつある。やべぇぜ。

百合《ゆり》とか言われると、先日の〝教育〟を思い出すからやめてほしい。

写真には、四人の女子高生が写っている。場所は生徒会室らしい。

中央にいるのは、今よりちょっと髪が短いセミロングのＪＫ真香《まか》ちゃん。

その周りには同じく制服姿の女子高生たち。

真香会長の生徒会は全員女子だったらしい。しかもみんな可愛《かわい》い。

まさか百合百合生徒会……って、詩夜《しや》ちゃんに毒されてるぞ！

「お？　この人は生徒会の顧問かな？　アタシも見たことない先生だなあ」

「え？　ああ、本当だ」

リアルＪＫ真香ちゃんと、百合生徒会メンバーに気を取られて気づかなかった。

写真には、もう一人写ってる。

四人の生徒会メンバーから少し離れたところに、スーツ姿の女性の姿があった。

「この先生……ちょっとマカ様に似てない？」

「……似てるね」

詩夜ちゃんの感想に、まったく同意。

いや、違う。ちょっと似てるじゃなくて……だいぶ似てる。

長い茶色の髪、紺色のスーツでスカートは短い。

美人で、すらりとしていてスタイルも抜群。

まるで真香先生のコスプレをしてるみたいだ。いや、逆か？

ただ、なんだろう。外見は今の真香先生によく似ているのに――それでいて、どこかが決定的に違う。

違うのは当たり前なんだけど、まとっているオーラが別物というか。

穏やかに微笑《ほほえ》みを浮かべていて、いかにも優しそう。

だけど、なんだか――

「今にも消えちゃいそう……」

「………………」

これも詩夜ちゃんの感想に同意。強く同意。

写真で見ても、そんな儚《はかな》いオーラが伝わってくるなんて。

「――風花四季《ふうかしき》先生よ」

「うわっ！」

「マ、マカ様!?」

床に座り込んでいた僕らは、ぱっと同時に顔を上げた。

視界に入ったのは、タイツをはいた綺麗《きれい》な足――真香先生の足だった。

「当時の生徒会顧問で、担当科目はわたしと同じ英語。その頃の年齢は二十四歳、今のわたしと同じ歳《とし》ね。他にも訊《き》きたいこと、あるかしら？」

「……えーと、やっぱり真香《まか》先生みたいに優秀だったんですか？」

「いいえ、別に。授業でもテストでも間違いなんてしょっちゅうだったし、生徒会の書類のチェックをお願いしたら、大事な書類にハナマルをつけて返してくるような天然だったわ」

「そ、それはまたはた迷惑な……でも優しそうですよね」

「優しそうに見えて鬼だったわ。聖華台《せいかだい》では数少ないヤンチャな生徒は鉄拳で指導、当時でも既に珍しい暴力教師だったのよ」

「えええ……」

この穏やかな微笑《ほほえ》みを浮かべてる先生が暴力教師？

「もっとも、すぐにヤンチャな生徒になつかれてたけどね。もっと怖い体育教師にも反抗的な生徒たちが、風花《ふうか》先生の前では借りてきた猫みたいだったわ」

「見事な調教ですね……」

僕の隣では、幼なじみのお姉《ねえ》さんがぽわわとした目で真香先生を見上げてる。

この人も、真香先生に調教されてるようなもんだなあ。

「決して有能ではなかったけれど、指導力だけは文句のつけようがなかったわね。教師のくせにものを深く考えてなくて、悪いことをしてる生徒を見れば即座に鉄拳制裁して、楽しいことを思いつけばすぐに実行しようとする。わたしたち生徒を巻き込んでね」

「な、なかなか強烈なキャラですね……」

「それでも、みんな風花先生が好きだった。不思議な人だったわ」

真香先生は、ふっと遠くを見るような目をする。

あ、そうか。もしかしてこの風花先生って人が、真香先生が前に言ってた恩師……？

つまり、その人はもう……。

「思い出話を続けてもいいけど、その前に彩木《さいぎ》くん。ひより先生を騙《だま》くらかして、旧校舎の鍵を持ち去ったそうね？」

「そんな人聞きの悪い……」

僕はちょっと、真香先生の過去を暴くために、先生がまず近づかないような場所を選んだだけなのに。

あっさり嗅《か》ぎつけられたけど……。

「生徒会の許可さえ取れば見てもいいものなんだからコソコソしないように。それにしてもなつかしい写真ね」

真香先生は、僕の手から写真を取り上げる。

「撮ったことすら忘れてたわ。ここに写ってる女たちの名前すら忘れたわ」

「それは覚えておきましょうよ!?」

「いやいや、有象無象の名前など高貴なマカ様が覚えてる必要はないでしょ？」

「はい、信者はちょっと引っ込んでてくれるかな」

生徒会の仲間たち、大事。

「冗談よ。みんなとは今でもたまに会ってるわ」

「なるほど、みんなが老けていく中、マカ様だけが輝きを増していくんですね！」

「詩夜《しゃ》ちゃん、その輝いてる真香《まか》先生の写真、いくらでも撮らせてあげるから黙っておこうね！」

「マジでっ！　マコが初めてアタシの役に立った……？」

「さりげなく担任教師を売ってるわね。別に写真くらいかまわないけれど」

ほらほら、こういうわけのわからない会話が始まるから、一人で静かに段ボールの封印を解きたかったんだよ。

人の黒歴史を暴くときは、一人で静かで豊かじゃなきゃ。

「彩木《さいぎ》くん、京御《けいみ》さん、本気でファイヤストームを復活させるつもりなのね？」

「そうです、みんなが楽しみにしてたのにアタシが潰しちゃったんですから。もう今を逃したら、復活させるチャンスなんて二度とありませんから」

急に真面目《まじめ》になったな、詩夜ちゃん。

「そう、わたしは協力はしないけど邪魔もしないわ。ファイヤストームは風花《ふうか》先生が急に思いついて、わたしが計画を立てさせられたのよね。あの女は、まったく……」

「……なんか、写真のイメージと本当に違うんですね、その風花先生って人」

「みんな、その見てくれの良さに騙《だま》されたのよ」

僕は教師嫌い全盛期にだって、先生に汚い言葉遣いをしたことはないけど。

今はちょっと「おま言う」と言いたいです。

「アタシはマカ様になら何度騙されてもイイ……！」

信者は相変わらずぽわわわとしてるし。

「ま、頑張りなさい。あ、どうしても上手《うま》くいかなかったらわたしのところに来なさい。相談くらいなら応じるわ。京御さんは大学生なんだから、彩木くんより頑張りなさいね」

「ハイッ！」

「いい返事だね、詩夜ちゃん！」

真香先生は、さりげなく「困っても助けるのは彩木くんだけ」と言ってるよ？

まあ、大学生にもなって先生に助けてもらうもんでもないだろうけど。

「今日は早めに上がって、フィアットでドライブとしゃれ込みたい気分ね」

「げっ」

とんでもない捨て台詞《ぜりふ》を残して、真香先生が退場。

そうか、フィアットは恩師からもらったんだったっけ……。

「……とりあえず、ファイルの捜索を続けようか。真香《まか》先生が立てた計画書がたぶんあるだろうから」

「マカ様の匂いがするファイルを探せばいいのね？　任せなさい！」

「………………」

ウチのお姉《ねえ》さん、マジでヤバくなってきた。

確か僕、このお姉さんの高等部時代の後悔を消してあげるために動いてたんじゃなかったかな。

詩夜《しや》ちゃん、真香先生さえ与えておけば過去のトラウマとかどうでもいいんじゃない？

ファイヤストームの計画書は無事に発見。

真香先生の几帳面《きちようめん》な字と内容で、ファイヤストームの許可を取りつけるための段取りがこれでもかと書き込まれていた。

学校に話をつけるための教師との問答を想定した台本、町内会など外部でやり取りすべき組織、必要な機材や消耗品の数量と予算、その他諸々《もろもろ》。

どうやら、生徒会が関わっていたどころか主導していたらしい。

「もうこの計画書どおりに操り人形のように動くだけで許可出るんじゃないの……」

計画が完璧すぎる。

真香先生、女子高生時代からこんなに綿密というか執拗《しつよう》というか、細かい計画を立てていたのか。怖い。

ぱたん、とファイルを閉じる。見てると恐ろしくなってくるから。

「ちょっと彩《さい》くん！　読むなら台本読んで、台本！」

縫《ぬい》の大声が教室に響き渡る。

旧校舎での秘密の捜索の翌日。

今日は、教室で劇の稽古《けいこ》だ。

もう文化祭も間近に迫ってきたので、そろそろ劇も仕上げないとまずい。

本当に忙しいな、僕。

「さすがに台詞《せりふ》はもう入ってるよ。そんなに多くないしね」

「マ《マジ》!?《で》　サイデレラが一番台詞多いのに……！」

スマホに台本入れて暇なときに読んでたし、これで覚えないほうがどうかしてる。

「ていうか、縫はまだ台詞覚えてないの？」

「いやー、最近ちょっぴり忙しくてさ。それにあたしは台詞よりもアクション派の女優だから」

「女優じゃなくてグラドルでしょ」

TV《テレビ》ドラマにも出演していくなら、台詞《せりふ》くらいは覚えられないとまずくない？

「シンデレラ……じゃない、『家族にイジめられてたけど（略）』はお城の舞踏会が一番の見せ場なんだよ！　優雅に着飾った数百人の男女が華麗に舞い踊るスペクタクルを観客のみなさんに楽しんでいただくんだよ！」

「踊るのは十人くらいでしょ」

残念ながら、体育館のステージはあまり広くないので。

「天華《てんか》さん、縫《ぬい》の台詞って脚本の調整でなんとかならないの？」

「………………」

教室の隅で膝を抱えて座っていた天華さんが、面倒くさそうに顔を上げる。

「ぬいぬいははるかに上回ってきた、私の予想。覚えられないから台詞を易しくするの、本気で苦行」

「韻を踏んでディスられた!?　天《てん》ちゃん、ひどい！」

天華さん、脚本を書き上げたらそれでお役御免かと思いきや大変そうだな。

今も例のキーボード付きケータイでなにか書いてたけど、こうやって稽古《けいこ》のときには立ち合わされてるしね。

「でも大丈夫、あたしは本番に強いタイプだから。もし台詞飛んでも、アドリブで演じきってみせる！」

「それ、僕が巻き込まれるんじゃ……」

　縫が演じる王子様と一番絡むのはサイデレラだからね。

「むしろ、あたしのアドリブのほうが面白いまである！」

「売られてるの、ケンカ？　ぬいぬいのアドリブよりつまらない脚本書くの、天華？」

「いちいち無理に韻を踏まなくても！　でもごめん、天ちゃんの脚本が世界一！　あたしたちが文化祭のトップに立つのは間違いない！」

「信じにくい、褒め方が極端すぎて」

「もー、天ちゃんってば彩《さい》くんじゃないんだから疑わなくても。おっと、稽古を続けないと。そろそろ最初から通してやっておきたいよね」

「そうだなあ、なんだかんだで全員揃《そろ》わないしね」

　意地悪な継母《ママハハ》とかお姉《ねえ》さんとかも部活だったりで、実は未《いま》だに一度も全員で通し稽古をしてない。

「魔法使いの老婆も全然来てくれないしね。よし、職員室に特攻するか！」

「こらこら、芸能活動禁止にでもされたらどうするの！　ていうか老婆じゃなくて、お姉さんでしょ！」

　案の定、天華さんが縫を睨《にら》んでるし。

天華《てんか》さん、しれっとしてるけどかなりのシスコンだからね。

「……そうだ、天華さん」

「なに？」

「風花四季《ふうかしき》先生って知ってる？」

「…………っ！」

天華さんが、ふらりと後ろによろめく。

な、なに？　僕、そんな驚くようなこと訊《き》いた？

「ど、どこで聞いた、その名前。とうとう嗅《か》ぎつけた、ずっと恐れてたこと……！」

「いやいや、動揺しすぎでしょ！　もしかして天華さんも会ったことあるの？」

「…………」

ふるふると首を横に振る天華さん。

「ない、会ったことは。でも、知ってる。変えた人だから、お姉《ねえ》ちゃんの人生を――」

「……人生を？」

恩師が人生を変えたっていうのは、別に変な話でもない。

でもたぶん、僕以上に真香《まか》先生を知ってる天華さんがここまで動揺するっていうのは。

風花先生という人は、僕が思ってたよりずっと真香先生に大きな影響を与えてるのか。

「おーい、そこの二人。稽古《けいこ》を再開するよ。ていうか、休憩時間じゃないよ。もう余裕ないんだからチャキチャキ進めるよ！」

「あ、ああ、ごめん、縫《ぬい》」

とはいえ、今は目の前に迫った文化祭に集中しないと。

劇の稽古に生徒会のヘルプ、さらにファイヤストームの実施まで加わったんだから。

しかし、風花先生か――

写真で見ただけの人なのに、どうにも忘れ難《がた》くさせてくれる。

実際に教えを受けた真香先生にとっては、どこまで大きな存在なんだろうか。


「くっそー……けっこう手強《てごわ》い」

「もー、学校って頭が固いなあ。アタシ、すっかり忘れてたよ」

夜、彩木《さいぎ》家のリビングに転がる二つの屍《しかばね》。

僕と詩夜《しや》ちゃんの二人で、ファイヤストームの企画書を文実《ぶんじつ》に提出したけど、あっさり却下。

最終的には教頭先生の許可が必要なのに、先生に書類を出すところまで行けなかった。

計画は完璧だけど、〝ファイヤストーム〟ってところが思い切り引っかかったらしい。

「大学ってマジ自由なんだよね。去年の学園祭、〝フランス文化研究会〟ってサークルがギロチンを自作して、マネキンの人形を斬首してめっちゃ盛り上がったらしいよ」

「自由すぎる……」

さすがにめっちゃ怒られただろうけど。

「しっかし疲れたぁ。なんで世の中ってアタシの思い通りにならないんだろ？」

「唯我独尊だね。まあ、主に詩夜《しや》ちゃんの思い通りにするために働いてるんだけどさ」

「でも、縁里《えんり》ちゃんもノリノリだったじゃん。最高に盛り上がる〝伝説の文化祭〟にして、学校の歴史に名を刻みたいって」

「伝説ねぇ……本当に目立ちたがりだなあ、縁里は」

地毛が金髪で顔も可愛《かわい》いし、普通にしてても目立つのに。

奴《やつ》の承認欲求は底無しなの？

「クラスの何人かに聞いてみたら、ファイヤストームは大賛成みたい。派手に火を燃やしてその周りでダンスとか、テンション上がるって」

「聖華台《せいかだい》みたいな名門校でもパリピはけっこういるからねえ。むしろ、他の学校より多いかも。マコの友達だけが特別じゃないだろうね」

うんうんと僕は頷《うなず》く。

たぶん学校全体でアンケートをとっても同じだろうな。

『ファイヤストーム？　グラウンドで燃やすの、炎？　実現が大変？　なんのためにしてるの、苦悩？』

ああ、僕の脳内天華《てんか》さんがささやく……。

いや、あの人はクールなだけだから……縫《ぬい》とか大はしゃぎだろうから。

「美春《みはる》のクラスでも、噂《うわさ》になってるよ。例の彩木《さいぎ》先輩がまた企《たくら》んでるって」

「例のとか企んでるとか、めちゃくちゃ言われてるなあ。どうも、この春から僕のキャラが誤解されまくってるよね」

いつもの定位置、ソファに寝転んでる美春に答える。

だけど成長した美春は、きちんとノートＰＣでお仕事中だ。

僕が一日バタバタ駆け回るより、ソファに固定されてる美春がノートＰＣを一時間操作するほうがいい仕事できるんだろうね。せつないね。

「ファイヤストームやってほしい人って、多いね。生徒会のサイトの掲示板にも書き込みが……って、掲示板とか二十世紀の遺物だよ！　阿《あ》●寛《ひろし》のＨＰか！」

「め、珍しいね、美春がそんな大声出すなんて」

確かに掲示板なんてネットではまず見ない。

聖華台高等部には独立したＷｅｂサイトがあるけど、かなり旧態依然としたシロモノなんだよね。

「美春が副会長の間に、こんなサイトぶっ潰してやる……えんちゃん会長、無駄に派手な金髪美少女だし、よーつべのチャンネルつくって顔出しで動画つくろう。んで、収益から生徒会の活動費を捻出してスイーツを定期補充しよう」

「こらこら、個人の欲望がダダ漏れだよ。でも美春《みはる》、動画配信だけだと生徒側からの意見が出せなくない？　コメントがついても、生徒か一般視聴者か判別できないし」

「生徒の意見？　そんなもの必要ないよ。生徒会の決定が全校生徒の意思と同義になるんだから」

「なんという独裁体制……！」

美春が生徒会長に落選してよかったのかもしれない。

「美春おねーちゃんはえらいひとになったんですね。すごいです！」

「……くー、美春を見習っちゃダメだからね？」

そう、今日は詩夜《しや》ちゃんだけじゃなくて、神樹無垢《しんじゅむく》――くーもいらっしゃってる。

紺色に見える肩までの髪をちょこんと横で結び、聖華台《せいかだい》学院初等部のセーラー服姿。

小学五年生、おそらく世界で一番可愛《かわい》い幼女だ。

お気に入りのピンクのタオルケットを膝に載せているのも可愛い……けど。

「なんかさ、くーも疲れてない？」

気のせいか、いつもの可愛い髪型もちょっと乱れてるような。

「あはは……私も最近、いろいろやることがあったんです。やっと終わったので、ちょろっと家出してきました」

「ちょろっと家出……」

そんなコンビニ行く感覚で家出しなくても。

「だから、癒やされるためにせんせーの家に来たんですよ。はー、かごめちゃん可愛い」

くーは嬉《うれ》しそうに白猫のかごめを撫《な》でる。

かごめもされるがままで、くーに身体《からだ》を委ねきっている。

くーって、一時期は毎週のようにウチに泊まりにきてかごめを可愛がってたからなあ。

さすがに外泊しすぎと母親のコーコ先生に怒られてたけど。

「かごめちゃん、可愛がられてるんですね。こんなりっぱなキャットタワーを手に入れて
……次はおしろにすませたいです」

「僕らより優雅な生活だね」

ただでさえ、美春がかごめにお金をつぎ込んでるのに。

「まあ、疲れてるならゆっくりしていって。というか、小学生があまり無理をしちゃダメだよ」

これは子供扱いじゃなくて、成長しきってない身体に負担をかけるのはよくないから。

成長しきってない身体に全然負担をかけなかった身内《いもうと》なんかもいるけど。

「……マコって本当に年下に甘いよね。幼女ちゃんにもハルにも甘すぎ。昔から年上には

弱いし、まなっしーとかテンテンにも振り回されてるし、ストライクゾーンは東京ドーム何個分なん？」

「僕は八方美人なだけだよ！」

「とんでもないこと認めるね、マコ……」

しまった、つい余計なツッコミを。

これじゃ、見境ないみたいじゃないか。

「な、なんてことですか……年増《としま》好みは知ってましたが、縫《ぬい》おねーさんや天《てん》おねーさんにまでよくぼーを……これはいけません……」

「くー、年上に囲まれすぎて耳年増《みみどしま》になってない？」

できれば、あと数年は素直で可愛《かわい》いくーのままでいてほしいね。

「せ、せんせーこそ最近はたらきすぎでブラックでかろーしだって聞いてます！」

「生きてる生きてる、過労死してない」

「今日はがんばってせんせーを癒やします！　美春《みはる》おねーちゃんと私の年下コンビで！」

「美春、巻き込まれた!?」

「はー、今日はアタシはどうでもいいや。このまま、今日はマコん家《ち》で寝る。第二の自宅だし、いいっしょ」

「別にいいけどね……」

詩夜《しや》ちゃん家は同じマンションなんだから、帰って自分のベッドで寝ればいいのに。

僕のベッドを貸して、妹専用ソファで寝ることになりそうだ。

「ていうか、癒やしって具体的にどうするの？」

「私、苦手ですけど頑張ります！」

「ん？」

くーが苦手というと……やっぱりアレかな？


ウチのマンションは基本的にファミリー向けの物件だ。

３ＬＤＫの間取りが多く、夫婦と子供が一人か二人いる世帯がほとんどらしい。

ウチのお隣《藤城家》みたいに例外もあるけどね。

例外はともかく、ファミリー向けなのでお風呂はそこそこ広い。

やや小柄な男子高校生と長身女性の二人くらいなら、余裕で入れるのは既に確認済み。

「あ、せんせー。動いちゃダメですよ。ちゃんと洗えません。かごめちゃんでもおとなしくできるんですから」

「あらためて見ると、お兄《にい》ちゃんもけっこう背中大きいね。これでも男の子かー」

小柄な男子高校生と、小柄なＪＫ、ＪＳの三人でもまだまだ余裕だ。

お風呂場の椅子に座って、後ろに美春《みはる》、横にくーがいる。

二人ともスポンジを持ってゴシゴシと僕の身体《からだ》を洗ってる。

なんなの、この状況は？

一応、僕は腰にだけタオルを巻かせてもらっている。

その一方、美春もくーも完全に完璧に裸《ら》だ。

美春は実の妹だし、くーは幼女だしね。裸を見て、どうこうってことはない。

「裸はいいんだけど、さすがに身体を洗ってもらうのは変な感じだね……」

「どっちかというと、お兄《にい》ちゃんが美春たちを洗ってたもんね。好き放題に」

「私、せんせーに身体の隅々まで洗われてきました……ひどい」

「いやいや、美春は洗うのめんどくさがるし、くーは風呂嫌いだから僕が洗わないとシャワーでざっと済ませちゃうでしょ」

女の子というのは、だいたい風呂好きで長風呂なもんじゃないの？

「ですが、私たちも成長しましたから。恩返しに、こっちが洗う番です」

「成長しても、男子の身体を洗うのは早い気がするけど……」

「美春、かごめをちゃんと洗ってあげたいし。お兄ちゃんで練習しときたい」

「兄を練習に使わないで。もはや僕、かごめより下だね……」

かごめは家族だから平等ではあるんだけど、ちょっぴり寂しい。

「でも、せんせーってお肌つるつるですね。腕も腰も細いですし、女の子みたいです」

「ごめん、今の時期は特に触れてほしくないところなんだよね、そこ」

「縫《ぬい》おねーさん、大喜びですよ。せんせーの新たなみりょくを見つけたって、毎日大騒ぎしてます。ばくげきのようにLINEが来てます」

「あのね、くー。同じSID《シド》の仲間だからって、あまり縫に影響されちゃダメだよ？」

縫の奴《やつ》、劇だけじゃなくて仕事でも忙しそうなのに毎日くーに絡んでるの？

「でも、縫おねーさんはすっごいです。彩子《さいこ》ちゃんを企画して、今度はサイデレラの演劇まで進めてるんですから。イロモノの縫おねーさんは敵じゃないと思ってましたが、考えをあらためます」

「そこまで見くびられてたんだ、縫……」

とりあえず二人に身体を洗ってもらったので、湯船に浸《つ》かる。

美春とくーもお互いに身体を洗いっこしてから、湯船に入ってきた。

「わ、ちょっとちょっと。いくらなんでも狭くない？」

「大丈夫、大丈夫。お兄ちゃん、もうちょっとそっち詰めて」

「あはは、夏に行った温泉ではせんせーと入れなかったので、たまにはいいですね」

僕を挟んで、背中側に美春が、くーが僕の膝に乗るようにして湯船に浸かってる。

うーん、実の妹と妹みたいな幼女に挟まれてのお風呂……。

僕にとっては普通のことだけど、羨む人もいそうだ。

羨むような奴《やつ》とは友達になりたくないけど。

「美春《みはる》はともかく、くーはあと一、二年もすれば一緒にお風呂は無理かなあ」

「じぇいしーなら、お風呂はまだよゆーですよ？」

「美春はＪＫだしね。ＪＤまでならお兄《にい》ちゃんとお風呂、イケそう」

「……僕はそれでいいけど、二人の育て方を間違った気もする」

いや、くーを育ててるのはコーコ先生とその旦那さんなんだけど。

「ところでお兄ちゃん、文実《ぶんじつ》の委員長と教頭先生の弱みはまだ掴《つか》めないの？」

「そんな計画立ててないよ!?」

ある意味、教頭先生の弱みは掴んでるけどね！

でも残念ながら、教師への反抗心が収まりつつある今の彩木《さいぎ》くんは教頭先生を脅すようなマネはできない。

「いっしょうけんめいお願いすれば、ふぁいやすとーむもおっけーしてくれますよ！」

「…………」

ああ、くーのピュアさがまぶしい……。

幼女のお願いが素直に通る世の中であればよかったのに……。

残念ながら、大人《おとな》の世界に片足を突っ込んでる僕ら高校生は、願うだけでは目的は叶《かな》えられないんだ……。

「……いや、ちょっと待った」

「なんですか、せんせー？　美春おねーちゃんと私のおっぱい、比べますか？　もうかなり追いついたので、もはや誤差と言っていいですよ？」

「なっ……！　ほ、本当だ……くーちゃん、急激におっぱいふくらんできてる……！　まだ小五なのに！　そのペースだと将来的に縫《ぬい》ちゃん先輩レベルは確実！」

「ふっふふー、もうすぐ美春おねーちゃんを追い抜くのも確実ですね。小学生のうちに、私のおっぱいはBカップはいきますよ！」

「美春なんて、ブラを着けたのは中等部に上がってからだったのに……！」

「待った待った、おっぱいの話はいいから！　今はまだ美春が勝ってるから勝利に酔っていていいから！」

美春とくーは、前と後ろから生おっぱいを押しつけてきてる。

でも僕は、実の妹と妹みたいな幼女の生おっぱいでは興奮しない。

「つまり、なんか思いついたってわけ？　また小賢《こざか》しい策を」

「小賢しいって言わないで。いや、小賢しい策を捨てようって話だよ」

旧校舎での真香《まか》先生との会話を思い出す。

ファイヤストームのそもそもの発案者である風花四季《ふうかしき》先生は、決して有能ではなかった。

深くものを考えてなくて、楽しいことを思いつけばすぐに実行するような人――

「……ねえ、くーは一生懸命お願いするのは大事だと思う？」

「そうじゃないんですか？　いっしょーけんめいな人は大好きですよ、私は」

「そうか……」

「せんせーは、学校行けなかった私になんの得もないのに優しかったじゃないですか。だから、くーはせんせーがすき♡」

にぱーっと無邪気な笑みを浮かべるくー。

風花《ふうか》先生か……僕は未《いま》だによく知らない人だけど、学ぶべきところがあるかも。

妹と幼女とお風呂に入りながら、なにを思いついてんだって話だけどさ。

僕は暗躍に慣れすぎて、まっすぐなにかに挑む気持ちを忘れていなかっただろうか。


「よおおおっし！」

「やったね、マコ！」

第三会議室を出て、詩夜《しや》ちゃんとハイタッチする。

なんということでしょう。

死にかけて、詩夜ちゃんと彩木《さいぎ》家のリビングに転がった夜が嘘《うそ》のようです。

この会議室で、文化祭実行委員の委員長との対決を終えてきたところだ。

「ふー、意外と真《ま》っ向《こう》勝負でなんとかなるもんだね」

「マコ……お天道様《てんとさま》の下を歩けない身体《からだ》になっちゃいけないよ？」

「まだ犯罪に手を染めたことはないよ。失敬な」

第一の障害、文実《ぶんじつ》の委員長には全校生徒のアンケート結果を持ち込んでファイヤストームの許可を得た。

正確には、学校側に許可を求める許可というか。

まずは文実がＯＫしないと文化祭のプログラムは追加できないからね。

「無記名じゃなくて、クラスと本名を書いた上でのファイヤストーム賛成のコメントっていうのが効いたね」

「全校生徒の七割が賛成してりゃ、文実も拒否はできないっしょ。機材とかの手配の計画書もつけたしね」

それらを書類にして文実に叩《たた》きつけたら、さすがに委員長さんも反対はしなかった。

無責任な無記名のコメントではこうはいかなかっただろう。

プライバシーが尊重される世の中だからこそ、名前を出しての意見にも重みが出るというものだ。

「まあ、一日でこれだけコメント取れるとは思ってなかったけど……ハルがマジで凄《すご》い。

アタシ、あの子が怖くなってきたよ」

「美春《みはる》、どんだけ爪を隠してたんだろうね……」

多くの生徒からコメントが取れたのは、実は美春のおかげ。

旧態依然とした生徒会のWebサイトに憤《いきどお》っていた美春にお願いして、コメントを入力するフォームをつくってもらったのだ。

LINEでコメントフォームのURLを拡散させ、僕らも驚くほど多くの生徒たちがコメントを送ってくれた。

『みんなでファイヤストームを実現させよう！　炎の周りで歌えや踊れ！　URLはこちら！』

などという脳天気な笑顔の縫《ぬい》の動画を同時に広めたのも、功を奏したようだ。

あいつ、知名度は抜群だからなあ。あるいは、カレン先輩以上かも。

いつの間にか縫はよーつべのチャンネルもつくっていたらしく、ちゃっかりチャンネル登録のお願いまでしてたけど、気にしない。僕も登録すべき？

「紙でアンケートとっても、ここまで数は集まらなかったよねえ。スマホでコメントできるようにしたのが大きかったよね」

「たぶん、紙だと後回しにされて結局書かれないパターンだろうね」

僕だって、突然アンケートの紙が回されてきても放置しちゃうだろう。

スマホでちゃちゃっと書けるからこそ、みんなに即応してもらえたわけだ。

「あとは、カレン先輩にもアジテーションしてもらえば九割に書いてもらうことも可能だったのになあ。徹底して、ご隠居を決め込む気だね、あの人」

「カレンちゃんは相変わらずクソ真面目《まじめ》だね。先輩だろうと容赦なく利用しようとするマコの図々《ずうずう》しさもたいがいだけど」

「今回は時間がないから、手段を選ばないんだよ」

時間がないのも手段を選ばないのも毎度おなじみだけど、それは気づかなかったことにしておく。少なくとも裏で根回しとかはしてないし。

「まあ、結果的には大御所の力も借りずに正攻法で文実《ぶんじつ》を突破したんだから、いいでしょ。さあ、さっそく次に行かないと」

「この足で行くの？　つまり……教頭先生よね？」

詩夜《しや》ちゃんも、高等部の教頭先生は知ってる。

ウチの教頭先生は、もう何年も前から君臨しているらしい。

「ああ、アタシあの人苦手なんだよね……怖いだけで悪い先生じゃないのは知ってるんだけどさー。生徒会やってたとき、けっこう教頭先生と絡み多かったから」

「絡みって。普通は教頭先生はあまり生徒と関わらない気もするけど、ウチの教頭先生は僕のフルネームまで知ってたからね」

「そりゃあんたが有名人だからっしょ。さすがにフルネームどころか、名前を知らない生徒のほうが多いでしょ、教頭ともなれば」

そうなのかなあ……僕なんて地味で目立たない生徒だって自覚があるのに。

「でもさあ、マコ。別に教頭にビビるわけじゃないけど、部外者のアタシと生徒会役員でも文実《ぶんじつ》でもないあんたの二人じゃ話通すの難しくない？」

「それもそうか……じゃあ、美春《みはる》を呼ぼう。副会長なら教頭先生も文句ないよね」

「その必要はないわ」

「……え？」

スマホで美春にLINEしようとしたのと同時に、目の前に——真香《まか》先生が現れた。

放課後に、真香先生が僕の前に現れた……！

「ちょっと、彩木《さいぎ》くん。なにをファイティングポーズを取ってるの？」

「あっ、つい反射的に……」

散々〝教育〟を受けてきたせいか、特定の条件で真香先生と遭遇すると警戒態勢を取るように身体《からだ》が調教されたらしい。

「いろいろ言いたいことはあるけど、まあいいわ。彩木くんが文化祭スタッフとして働いてることは教師全員が知ってるのよ。遂《つい》に君も心をあらためたのかって」

「ホント、僕はいったい教師のみなさんにどう思われてるんです……？」

「最近は真面目《まじめ》になってきたと思われてるわよ。わたしの〝教育〟の賜物《たまもの》ね」

真香先生の〝教育〟の実態を知ったら、職員室が大パニックだろうね。

「そういうわけだから大丈夫よ。むしろ、彩木くんが行ったほうが話も通しやすいかもしれないわ。生徒会の副顧問としてわたしも同行するわね」

「まあ、それなら好都合ですね」

真香政権の手口を参考にファイヤストームの企画をまとめたのは僕だし、美春に説明する手間も省ける。

「ふーん、マコも成長したんだね。お姉《ねえ》さんが褒めてあげよう」

「うわっ」

詩夜《しや》ちゃんが手を伸ばして、ぐりぐりと荒っぽく僕の頭を撫《な》でてくる。

やめてくれないかなあ……子供扱いされることより、一瞬殺し屋のような目になった美人教師さんがそばにいるので。

「じゃ、アタシは遠慮しておくよ。マコだけじゃ不安だけど、マカ様が一緒ならむしろ部外者は邪魔になるからね。がんばー、マコ」

「……いいの、詩夜ちゃん？」

詩夜ちゃんの後悔を消すには、本人もファイヤストーム復活作戦に最後まで関わるのがいいだろうに。

「いいの、いいの。結局、楽しむのはマコたちなんだし。あんたたちが頑張ってこそ意味があるってもんよ」

「……うん」

詩夜《しや》ちゃん、本当は最後まで手伝いたいんじゃないかな。

あんな性格でも、出しゃばりすぎないように気を遣っているらしい。

「じゃあ、真香《まか》先生。お願いします」

「はい。教頭先生にアポは取ってあるわ」

なんて手回しのいい……僕が文実《ぶんじつ》の許可を取ることくらいはお見通しだったらしい。

OPSとか使われなくても僕の行動はバレバレか。

さて、最後の仕上げ——ラスボスに挑むとしますか。


僕にとって、職員室は長らく敵地だった。

だいたいは、偉そうに呼び出されて反抗的な態度を咎《とが》められるだけの場所だった。

なのに今日は、自分から乗り込もうとしているんだから変な気分だ。

「彩木《さいぎ》くん、顔が硬いわよ。リラックスしなさい」

「僕じゃなくても、職員室でリラックスは難しくないですか？　縫《ぬい》ならともかく」

縫の脳天気さなら、職員室だろうと学院長室だろうと我が家のようにくつろげるだろう。

あいつも連れてくればよかったかなあ。場を和ますためだけに。もう遅いけど。

真香先生に先導されて、職員室内へ。

職員室にはずらりと机が並び、その奥――お誕生日席とでもいう位置に、教頭先生の机がある。

「すみません。教頭先生、よろしいでしょうか？　先ほどお願いした件で」

「ああ、藤城《ふじき》先生。それと彩木くん、お久しぶりですね。この前の中間テストでは五十位以内に入ったとか。頑張ってるようですね」

「あ、ありがとうございます」

この人、生徒一人一人の成績を把握してるの？

僕が問題児だから成績も問題視されてるの？

ウチの教頭先生の場合、前者のような気もするけど……。

「ま、真香先生。僕が教師に褒められるなんて……ありえませんよ。なんの罠《わな》ですか、これは？　なんの前フリなんですか？」

「トップ五十に入れば褒められもするわよ。君、褒められ慣れてないにもほどがあるわ」

真香先生とコソコソ話。

いきなり話が逸《そ》れてるけど、このお褒めの言葉はビッグバン的インパクトですよ。

「ああ、ごめんなさい。文化祭の——後夜祭の話でしたね。ファイヤストームですか……企画書には目を通しました」

教頭先生はデスクに載っているノートPCを操作している。

さっき文実《ぶんじつ》を通過したばかりなのに、もう読んでるのか。仕事早いな。

ところで教頭先生のノートPC、壁紙はやっぱり猫かな。

「この企画書、昔の藤城《ふじき》さんと風花《ふうか》先生が出してきたものと同じですね」

「えっ!?」

思わず反応してしまう彩木《さいぎ》くん。もうバレてた？

「細かく文言や構成を変えていますが、内容はまったく同じでしょう。人の宿題を微妙に書き換えて写す生徒の手口じゃないですか」

「さ、さすが教員生活四十年ですね……」

「まだ三十年です！　彩木くん、言っていい冗談と悪い冗談がありますよ！」

やっぱり叱られた。

真香《まか》先生まで睨《にら》んでるし。

「すみません……ただ、イチから企画書をつくるのは難しくて……」

「責めているわけではありません。生徒から上がってくる企画書の大半は、たいていコピペです」

さすが、酸いも甘いも噛《か》み分けたベテラン教員（勤続三十年）。

「生徒からの企画書にそこまで多くは求めません。ただ、いちいち生徒の要望を通していたらキリがないのも事実です」

「うっ……あ、でも生徒にアンケートもとって、その結果もあるんですよ」

「それも文実から来てます。生徒たちの熱意は伝わってきますが、そこまで重視するものではないですね。申し訳ないですけれど。ネットのコメントフォームに投稿されたものでしょう。学校への説得材料としてはまるで足りません」

「で、ですよね……」

くそう、さすがに文実なんて比べものにならないくらい手強《てごわ》い。

やっぱり、教頭先生の弱みを掴《つか》んでから嘆願に来るべきだったかな……。

おっと、いけない。今回は封じたはずのブラック彩木くんが顔を出そうとしてる。

「必要ないからこそ、当時の藤城さんもアンケートなんてとらなかったのでしょう？」

「はい、効果があるなら生徒より保護者の署名でしたが、当時も時間がなくてそちらは集められなかったので」

「なるほど……確かに、保護者はいわば学校のスポンサーなんだから、そっちの賛成意見のほうが有効か……勉強になります」

「あの、藤城先生？　彩木くんに余計な知恵をつけてますよ？」

「生徒が成長するのは嬉《うれ》しいことですね。彼の場合、必要になれば教えなくてもこのくらい思いつくでしょうし」

「それもそうですね。初等部から高等部まで、聖華台《せいかだい》の教員は彩木《さいぎ》くんの悪知恵に翻弄されてきたわけですから」

「………………」

生徒の心を傷つける、教師の心ないディスが目の前で。

僕がグレちゃったらどうするの？　グレるって言い方、今はしない？

「まあ、それはいいでしょう。以前はこの企画書で学校側は許可を出したわけですからね。必要なことは書けています」

「……やはり、以前に中止にされていることが問題でしょうか？」

真香《まか》先生が真面目《まじめ》なトーンで質問する。

当然だけど、今は高嶺《たかね》の花《はな》モードというか完全に先生モードだなあ。

「そうですね、山の中のキャンプ場ならともかく、街中《まちなか》にあるこの学校のグラウンドで火を燃やすことに不安がある――と言われたら、反論しづらいのはわかるでしょう？」

と、教頭先生は僕のほうを見ている。

当然か、学校に許可を求めてるのは生徒の側で、いわば真香先生は付き添いなんだから。

「ですが、ファイヤストームでもし事故が起きても校外に被害が出る可能性はほぼゼロですよ」

「そんなことは承知しています。ただ、小さなものでも事故が起きれば責任を問われるのはあなたたち生徒ではなく、学校そのものなのです」

確かに、リスクを背負うのは学校であって、僕らではない。

ファイヤストームを決行しても生徒にはメリットしかないが、学校には責任が生じる。

「でもそれは、最初にファイヤストームが許可されたときも同じでしたよね？」

「ええ、ただ一度でもクレームがついたというのが重要なんです、学校には。それに――確か最初に許可されたときも問題はそれなりにあったはずなのですよね」

今度は、真香先生のほうを見る教頭先生。

「わたしの記憶では、すんなり企画が通ったように思いましたが……」

「その記憶は間違ってませんよ、藤城《ふじき》先生。むしろ教師側でも乗り気な人が多かったくらいです。まったく、教師が文化祭を楽しもうとしてどうするんですか」

教頭先生は、苦笑を浮かべてる。管理職は大変そうだ。

「まあ、風花《ふうか》先生なんでしょうね。彼女は優秀とは言いがたかったですが、不思議と周りを自分のペースに巻き込んでいく人でした。私でさえも」

「……そんな人でしたね」

教頭先生だけじゃなくて、真香先生も遠い目をしてる。

「あの赤いフィアットを駐車場で見かけるとドキッとします。風花《ふうか》先生が帰ってきたんじゃないかと思ってしまうんですよね。帰ってきてもおかしくないような人で……」

気のせいだろうか、ちょっと教頭先生の目が潤んでいるような。

やっぱり、あの赤いフィアットを真香《まか》先生に譲ったのは風花先生なのか。

余計なことを……いやいや、車を譲るなんてよほどのことだよね。

「そういえば、彩木《さいぎ》くんも風花先生のような感じですね。別に優秀ではな——いえ、それほど前に出るタイプではないのに、周りが君のために動いてるような」

「いえ、僕は思いきり巻き込まれてる側です」

ちょっとディスられかけたけど、聞かなかったことにしよう。

「漢《かん》の高祖《こうそ》は本人は無能でしたが、部下を信頼して大事な仕事を任せ、部下たちも高祖を助けるために身を惜しまなかったといいますね」

「無能て」

ああ、相手が教頭先生だってことを忘れてツッコミ入れちゃった。

漢の高祖っていわゆる〝項羽《こうう》と劉邦《りゅうほう》〟の劉邦さんか。

教頭先生って、本来は歴史教師なのかな？

「いえ、失礼。彩木くんは風花先生を知らないんですものね。知らない人の話をされても困るでしょう」

「え、ええ……」

　正直、真香先生の恩師にはかなり興味あるけど、今は風花先生のことは後回しだ。

「ところで、今日は彩木くんだけなんですか？」

「あっ、やっぱり文実《ぶんじつ》か生徒会の人が来たほうがいいですか？　今から呼べます」

　美春《みはる》か、できれば縁里《えんり》のほうがいいかな。

「電話一本で女を呼べるとか、いいご身分ね……」

　ボソリと、器用に僕だけに聞こえる声でつぶやく真香先生。

　ちなみに文実の委員長も女子で、メチャャ美人です。

「いいえ、私が言っているのは京御《けいみ》さんのことですよ」

「え、詩夜《しや》ちゃん……じゃない、大学の京御さんですか？　教頭先生、京御さんも知ってるんですか」

「生徒会の副会長まで務めた生徒のことは覚えてますよ。最近、毎日のように校内で見かけますね。あの子は、あれですか？　いわゆる大学デビューなんですか？」

「**そうです**」

　僕は力強く断言する。

　だって、本人もとうとう認めてたし。

「そうですか……前は黒髪三つ編みでおとなしかったのに、髪を染めてずいぶん派手な格《かっ》好《こう》になっていたので二度見しました」

「幼なじみの僕でも最初、誰やねんと思ったくらいですから」

「へえ、彩木《さいぎ》くんは京御《けいみ》さんと幼なじみだったのですか。君は猫使いの初等部児童とも仲が良いですが、ずいぶん広範囲に手を広げているのですね」

「…………」

おかしい、後夜祭の話をしていたはずなのに僕の評価がグイグイ下がる展開に？

ちなみに教頭先生、同じ猫カフェの常連としてくーの顔も知ってます。

あと、カノジョ先生が一瞬ギャングのボスみたいな目で睨《にら》んできましたね。

僕のストライクゾーンに文句がお有りのようです。

「ずいぶん変わってもすぐに思い出せたのは、当時の文化祭が印象深かったからかもしれませんね。覚えてますよ、生徒会の副会長が後夜祭最大のイベントを潰してしまったと落ち込んでいたことは」

「詩夜《しや》ちゃん、そんなに……」

今でこそ詩夜ちゃんはあんな派手な見た目で、昔から僕には悪の帝王そのものだけど、基本的には真面目《まじめ》な人だ。

ファイヤストームの中止は詩夜ちゃんのせいじゃないのに、責任を背負い込んでしまったんだろう。

「あ、あの、教頭先生！」

「えっ？」

僕が黒髪詩夜ちゃんを思い出していると、その本人の声が響いた。

いつの間にか詩夜ちゃんが僕と真香《まか》先生の後ろに立っていた。

「……………」

真香先生がなにも言わずに、すっと横にどいて詩夜ちゃんに場所を譲る。

「卒業生の京御です！　お久しぶりです、教頭先生！」

「職員室でそんな大声を出してはいけません、京御さん。君のことは覚えてますよ」

教頭先生の冷静な言葉に、前に出てきた詩夜ちゃんが一瞬赤くなる。

「す、すみません。でも……やっぱり黙って待っていられなくなって。ごめん、マコ、マカ様――じゃない、藤城《ふじき》先生」

「いいわ。あなたも正式な文化祭スタッフなのだから」

「ええ、大学生へのヘルプは高等部からお願いしています。京御さんが職員室に来ることはなんの問題もありません」

教頭先生も、こくりと頷《うなず》く。

「だ、だったら言わせてください。アタシが弱気で、ファイヤストームが中止って言われても反対できなくて。アタシたちの世代のせいで、先輩たちが始めてくれた大事なイベントがなくなって、後輩たちが楽しめたはずの時間を奪っちゃったんです」

詩夜《しや》ちゃんは、ちらりと僕を見た。

「マコ——じゃない、彩木《さいぎ》くんみたいに先生たちに反抗もできなくて、言われるがままになっちゃって。少なくともあのときは引き下がるべきじゃなかった」

「まあ、彩木くんみたいになられても学校としては困りますが……」

「でも、アタシはあのときだけはマコみたいになりたかったんです！　でも、真面目《まじめ》なフリして気弱なだけだったアタシには無理だったんです！」

おやおや、真面目な話をしてるのに唐突に彩木くんディスが始まってるよ？

でも、まさか詩夜ちゃんが僕を手本にしたかったなんて。

そんな詩夜ちゃん、想像したこともなかったな……。

「彩木くんたちが集めたアンケートでも生徒たちがみんなやってみたいって。そんな楽しいイベントをなくしちゃったなんて、何年経《た》ってもアタシは後悔ばっかりで」

「京御《けいみ》さんが思い詰めることはないでしょう。君はもう卒業した身ですよ」

「で、でも……！　風花《ふうか》先生のことも、今の高等部の子たちのことも知ったからには、もう知らんぷりはできません！　もっとちゃんとした企画書が必要なら、アタシも手伝ってつくりますから！」

「………」

詩夜ちゃんは教頭先生の机に手をついて身を乗り出している。

教頭先生は、しばらくその詩夜ちゃんをじっと見つめてから——

「企画書自体は問題ないですよ。必要なことは書いてありますし、クレームへの対処も提案してありますしね。生徒からの企画書としてはよくできているほうです」

「え、えっと……教頭先生？」

詩夜ちゃんはきょとんとして、また一瞬僕を見たけど、僕もよくわからんよ。

「京御さん、私は真面目に仕事していた副会長の君をよく覚えてますよ。大学デビューしても中身は変わっていないのは、今の君を見てわかりました」

「え？　ええ、すみません……見た目ばっかりで……」

「大学生になったんですから、オシャレくらい楽しみなさい。社会に出ればまた不自由になるんですから。ただ、君が真面目に学生をやっていたことは無駄ではありません。京御さんが信頼に値する子だということは私もよく知っています」

教頭先生はノートPCをすっと滑らせて、こちらに画面を向けてきた。

「企画書の修正点に注釈を入れておきました。ここを直したらまた持ってきなさい。機材の手配なんかはもうギリギリでしょう。進めておいてかまいません。ハンコが必要な書類を優先して持ってくるように」

「え……？　教頭先生、それって」

「ＯＫってことですか……？」

詩夜《しや》ちゃんに続いて、僕も間の抜けた声を出してしまう。

「そうじゃないように聞こえるなら、京御《けいみ》さんにも彩木《さいぎ》くんにももう少し教育が必要ですね。理解力を磨いてもらわないと」

教頭先生は、にこりともせずに言った。

すみません、〝教育〟はもうお腹《なか》いっぱいなんです。

「あ、ありがとうございます、教頭先生！　マコも頭下げて！」

「う、うん。ありがとうございます！」

「お礼はいりませんよ。きちんとした手続きを踏んでくれれば了承するだけのことです」

ははーん、教頭先生、さてはツンデレだな？

もちろんそんな余計な一言で、まとまった話をぶち壊したりしません。

どうやら、詩夜ちゃんの真面目《まじめ》だった学生生活が功を奏したみたいだ。

真面目な人が馬鹿を見がちな世の中だけど、たまにはいいこともあるか。

「マコ、書類の修正、今すぐやるよ！　今日中に――ううん、一時間以内に片付ける！」

「あ、ああ。そうだね、もうスケジュールがギリギリだしね」

詩夜ちゃんは教頭先生に注釈付きの企画書をメールで送ってもらえるようにお願いしてから、さっさと職員室を出て行ってしまう。

せっかちだなあ。

それにしても……こんなすぐに教頭先生という難関をクリアできるとは。

いや、全然簡単じゃなくてめっちゃ苦労してるけど、ちょっと腑《ふ》に落ちないというか。

僕は、じーっと真香《まか》先生のほうに視線を向ける。

「藤城《ふじき》先生、その子にはバレてるみたいですよ。疑《うたぐ》り深《ぶか》い性格だと聞いてましたが、簡単には騙《だま》せないようですね」

「教頭先生、騙すなんて人聞きが悪いですね……」

真香先生が嫌そうな顔をして、教頭先生を睨《にら》んでる。

あー、やっぱりそうか……。

「真香先生、裏で動いてましたね？」

「わたしは生徒会の副顧問よ。生徒会が進めてる企画の手伝いをするのは当たり前だわ。運動部の顧問が強豪校との練習試合を組んだり、父母会やＯＢに費用のおねだりをするのと同じよ」

「まあ……そうなんですかね？」

僕らが企画書に四苦八苦してる間に、真香先生も独自に動いてくれていたらしい。

生徒と卒業生だけじゃ、外部からのクレームに対応するのは正直難しい。

やっぱり、外部に対して責任を取れる立場——学校の先生が関わってこそ、許可も取れるんだろう。
「真香《まか》先生もありがとうございます」
「お、お礼はいらないわ。わたしは自分の仕事をしただけよ」
あんたもツンデレかい。
そう言いつつも、真香先生は目だけで「褒めて褒めて」とお願いしているような。
ぴょこぴょこと犬みたいな尻尾《しっぽ》が振られてるような。
ここではなにも言えないけど、あとでカノジョ先生を褒めてあげないといけないかな。
ていうか、僕は何様？
その疑問はいつか追及するとして――準備はほぼ整ったか。
あとは、文化祭本番まで突っ走るだけだね。
僕、突っ走るタイプのキャラじゃないけど、周りの人たちに影響されてるみたいだ。
ああ、突っ走る前に――僕らを導いてくれた風花四季《ふうかしき》先生に感謝しておこう。
いつか、もっとあなたのことを知りたいですよ、風花先生。

3 真香先生、無双再び！

Episode 003

聖華台《せいかだい》学院高等部の文化祭は、二日に亘《わた》って開催される。

一日目が女性向け、二日目が男性向けの出展がメインとなる。

というのは嘘《うそ》で、どちらも出し物はほぼ同じだ（僕もナチュラルに嘘をつくようになったなあ）。

そういうわけで、文化祭一日目――

「文化祭一日目が来ちゃったよ……！」

なんだかんだで、準備期間は二週間程度だった。

かなり濃かったから、何ヶ月《かげつ》も準備してたような気さえする。

「しょうがない、今さら慌てても。腹を括《くく》るしかない、サイデレラ」

「…………天華《てんか》さん、自分の脚本で劇をやるのって恥ずかしいとかないの？」

「よっぽど恥ずかしい、自分の存在。姉と比べて卑小、もはや大罪」

「本当にお姉《ねえ》さん、リスペクトしてるよね……」

文化祭の演劇とはいえ、脚本をさらっと書いちゃう天華さんもかなり凄《すご》いのに。

そんな天華さんとおしゃべりを楽しんでいるのは、僕ら二年A組の教室。

既に朝のHR《ホームルーム》も終わって、ほとんどのクラスメイトが演劇の準備のために教室を出て行った。

体育館近くの更衣室や空き教室が各クラスの準備用にあてがわれていて、そこで着替えやセットの準備をするわけだ。

まずは女子のみなさんが着替えるので、サイデレラは待機中。

着替えもセットの準備も担当しない天華《てんか》さんは、教室に居残っているだけだ。

「あー、むしろさっさと着替えちゃいたい。そのほうが腹が括《くく》れそう」

「今着替えても、あとで着替えても、どうせ待ってるのは人生最大の生き恥」

「ぶっちゃけるね！　そのとおりだけど！」

女装して劇の主役とか、このクラスの出し物そのものが僕への罰ゲームすぎる。

なにも悪いことなんてしてないのに！

「恥ずかしい、もちろん私だって。自分が書いた台詞《せりふ》を誰かが口に出すのは。でも今日と明日だけは楽しめる、恥ずかしいことも。お祭りだから」

「……そうだね」

うん、嫌がったり照れたりしてちゃ、せっかくの文化祭を楽しめない。

「ちなみに私が担当、彩木《さいぎ》の女装。どうせ彩木は着方わからない、ドレス」

「それで教室に残ってたんだ!?」

てっきりやることがないから、僕に付き合ってくれてるのかと！

そういえば天華さん、夏頃にヒラヒラフリフリのワンピース着てたなあ。

「ふふふ、腕が鳴る……実は習ってきた、サイデレラのためのメイク。言わないけれど、誰に習ったか」

「誰なんだろうね……」

何城何香《ナニキナニカ》さんなんだろうね、天華さんにメイクを仕込んだのは。

そういえば、体育祭で彩子《さいこ》ちゃんチェンジしたときに、どっかの先生はメイクが甘いとか嘆いてたなあ。

「ああ、ここでやる、どうせだから。着付けもメイクも始めないと、時間もかかる」

「えっ、教室で!? ドレス着て、ここから体育館まで移動するの!?」

「用意してある、フード付きのコート。オールオッケー、それで隠せば」

「ええぇ……」

できるだけ、サイデレラは人目に触れさせたくないのに。

僕の戸惑いはスルーして、天華さんは教室に残ってるクラスメイトたちの追い出しにかかってる。

小さいけどファンの多い天華さんの命令に、クラスメイトたちは素直に従ってる。

くっ、僕もなんだか天華さんには逆らえないんだよなあ……顔が真香《まか》先生と同じだからかなあ。

クラスメイトたち、全員退場。僕と天華《てんか》さんだけが残された。

「じゃあ、彩木《さいぎ》。脱いで、屈辱に震えながら」

「屈辱!?」

「軽い冗談、彩木を和ませるため。ツッコミ入れてないで、脱げ」

「今度は命令なの……」

仕方なく、制服を脱いでハーフパンツ一枚の格好《かっこう》になる。

天華さんは後ろを向いてくれてるけど、僕の着替えには一ミリも興味ないからだろう。

「いよいよお披露目《ひろめ》、サイデレラドレス……と行きたいけど」

「あ、そっか」

天華さんが持ってきたのは、ツギハギだらけのみすぼらしいワンピース。

そういえば、シンデレラはボロを着て家族にこき使われてるんだった。

クラスメイトや文化祭スタッフが大勢いるステージ袖で、この貧相な裸をさらして豪華なドレスに着替えるわけか……。

「大変だぞ、彩木慎《まこと》！」

「うわぁっ!?」

「きゃっ!?」

突然、教室のドアが開いてカレン先輩が飛び込んできた。

先輩は飛び込んできたとたん悲鳴を上げ、真っ赤になって後ろへぴょんと跳んだ。

「……きゃあって。どこに行ったの、凛々《りり》しい元生徒会長」

「う、うるさいぞ、貴宗《きそう》天華。二人きりでなんて格好をしてるんだ、彩木慎！」

「衣装に着替えるところだったんですよ！」

ツッコミつつ、慌ててTシャツを着る僕。

「それで、大変ってなにがですか？」

「天無縫《あまなしぬい》が学校に来てない！」

「縫、ですか？　普通にいたでしょ？」

「早退したということ？」

僕と天華さんが同時に首を傾《かし》げてしまう。

「いやいや、今日は登校してないはずだぞ！　おまえたち、同じクラスなのになんで気づいてないいんだ！」

「…………」

朝からの記憶をたぐってみる。

うーん……確かに縫と会話をした記憶はない。

でも、縫がいないなんてまったく気づきもしなかった。

朝からみんな舞い上がってたとはいえ、あれほどまでに騒がしい縫《ぬい》の不在をスルーしてしまうとは。

「……でも、なんで知ってる？　元生徒会長？」

「天無縫《あまなし》から私にＬＩＮＥが来たんだ。急な撮影が入ってどうしても劇に間に合わないから、代役をお願いできないかと」

「はぁ!?」

僕は、カレン先輩が差し出してきたスマホの画面を覗《のぞ》き込む。

ＬＩＮＥのトーク画面が表示されていて、確かに縫からのメッセージが届いてる。

キモいスタンプとか使って、緊張感はないけど、先輩が言ったとおりの内容だ。

「ちょ、ちょっと冗談でしょ！　急な撮影って仕事と文化祭、どっちが大事なの！」

「それはさすがに仕事じゃないか？」

う、うーん、それはそうか……さすがカレン先輩、冷静な意見だ。

「どうも、天無縫は最近仕事が忙しいらしいな。無理を押して稽古《けいこ》には参加していたようだが、今になって……」

「あいつ、グラビアでブレイクしましたからね。仕事が増えて当然か……」

えーと、今は九時二十五分。開場は十時。

まだ開場もしてないのにトラブっちゃうって……しかも割と致命的。

「よし、カレン先輩に代役を頼むとして、王子様の衣装の手直しをしないとね。えーと、衣装関係を統括してるのは誰だっけ」

「待て待て、さっそく手はずを整えようとするな！　私が代役をやるとは言ってない！」

「でもカレン先輩、男装も似合いそうですよ。むしろ縫より似合うかも。よかった、先輩のクラスがパネル展示でお茶を濁してて。先輩、暇ですよね？」

「時間の有無の問題じゃない！　いきなり劇に出ろと言われて出られるか！」

「とおっしゃってるけど、どう思う、脚本担当の天華《てんか》さん？」

「うーん、台詞《せりふ》は多い、王子様。出ずっぱり、後半は。白雪姫ならどうにでもなる。ラストに唐突に出て、いきなり眠ってる姫にキスする性犯罪者だから」

「言いたい放題だね、天華さん……でもシンデレラの王子様は出番多いね。台詞も少なくないし、立ち回りも舞踏会のダンスを含めてかなり大変だよなあ。今からとなると、優秀な人じゃないと無理だね」

「元生徒会長、優秀。今からでも余裕、学習」

「こらこら、私がやる方向で進めるな！　いきなり演技なんてできるか！」

「カレン先輩はワガママだなあ……ウチのクラスには今から王子様の代役ができる人なんていないんですよ」

「陣所《じんしょ》先輩、何度もやってる演説、人前に出ると絶頂」

「出たがりみたいに言うな！　生徒会長としての演説と、演技はまったくの別物だ！」

「それもそうか……ああ、カレン先輩。ちょっと、この台詞《せりふ》言ってもらえませんか？」

僕は台本を持ってきて、先輩に台詞を一行指し示す。

王子様が舞踏会でサイデレラを見つけて、その美しさに感激する際の台詞だ。

カレン先輩は、しばし台本を睨《にら》んでから、ふっと遠くを見て――

「アア、ナンテウツクシイヒトナンダー」

「よし、別の候補を探そう」

「彩木《さいぎ》慎《まこと》ーっ!?」

いや、今のはマジでひどかったです、カレン先輩……。

「僕が間違ってました、先輩。せっかく、金髪事件以外は大ポカもなく政権交代できたのに、カレン先輩を劇に出したらイメージが急降下ですよ。卒業式の答辞をカレン先輩が読むとき、在校生が大根役者を思い出して笑いますよ。笑顔の絶えない卒業式になっちゃいますよ」

「ずいぶん先を見据えてるな……だが、そのとおりだ。だいたい、私が出たら二年A組の劇がメチャクチャになってしまう。誰の得にもならないだろう」

「ですね……」

冗談はともかく、カレン先輩に手伝ってもらって、その上でイメージダウンさせたら申し訳ない。

クラスのみんなも劇を頑張ってきたんだし、ぶち壊しにもできない。

「えええ、じゃあどうしよう!?　縫《ぬい》が間に合うのを祈る……っていうのは無理だよね。天《てん》華《か》さん、王子が出てこない脚本に直せる？」

「舞踏会をエンジョイするだけ、王子が出てこないシンデレラ」

「だよね……オチがつかない」

ガラスの靴がゴミとして片付けられてしまう……。

ああ、そんなことを言ってる間に、開場が刻一刻と近づいてくる。

ていうか、責任者でもない僕がなんで苦悩させられてるの！


「話は聞かせてもらったわ」


「へ？　あれ、真香《まか》先生……？」

ドラマみたいなタイミングで登場する美人教師。

いつの間にか、教室の扉のところにもたれて偉そうに腕組みをしている。

割と久しぶりのスーツ姿だ。文化祭には保護者も来るので、あらたまった格好《かっこう》をしてるんだろう。

「彩木《さいぎ》くんの着替えを覗《のぞ》きに——じゃない、主役の様子を確かめにきてよかったわ。ずいぶんお困りのようね」

「なにか聞き捨てならない台詞《せりふ》が聞こえましたが……ええ、ちょっとまずいことになってます」

「文化祭は生徒に任せて教師は出しゃばらないものだけど——非常事態ね。わたしも特別出演するのだから放っておけないわ。わたしに任せなさい」

「真香《まか》先生……！」

ああ、やっぱりこの人は優秀で頼りになる人だ！

春からずっとポンコツなところも見てきたけど、いざというときは颯爽《さっそう》と現れて僕らを助けてくれる。

この未曾有《みぞう》の大ピンチ、もしかすると乗り越えられるかもしれない……！

「……私、なにか嫌な予感がするんだがな」

「疑《うたぐ》り深《ぶか》いようで意外と間が抜け——素直、彩木は」

元生徒会長と脚本担当がなにか言ってるのは聞こえなかったことにしよう。

僕はもう嫌な予感には飽きちゃったので。

『ただいまより、二年A組の演劇〝家族にイジめられてたけどチートで玉《たま》の輿《こし》ねらったった！〟の上演を開始します』

体育館にアナウンスの声が響く。

ゆっくりと幕が上がり、真っ暗なステージにぱっとスポットライトが灯《とも》る。

「ああ、今日も朝から掃除だわ……ゴシゴシゴシゴシ、拭いても拭いてもキリがない」

スポットライトに照らされているのは、ツギハギだらけのボロを着た一人の少女。

安物丸出しの金髪のヅラをかぶり、雑巾でステージの床を拭いている。

おおーっ、と観客席がざわめく。

ちなみに体育館に並べられたパイプ椅子は満席で、一般客より生徒のほうが多い。

さらに言うとスマホを構えている姿も多く見られる。

残念ながら、このステージの前にNO　MORE演劇泥棒は踊ってくれず、撮影もOKになっている。

「サイデレラ！　いつまで掃除をしているの!?」

続いて現れたのは、意地悪な継母《ママハハ》。

長い黒髪が麗《うるわ》しい、びっくりするような美人だ。

ていうか、カレン先輩だ。

おおーっ、と再び観客席がざわめく。

「まだ洗濯も買い物も終わってないでしょう！　まったくグズなんだから！」

「あら、お母様《かあさま》。この前までド派手な金髪だったのに黒髪に戻されたのですか？」

「黒歴史を掘り返すな！　十字架でドツくぞ！」

わはははっ、と観客席で笑いが起きる。

よし、とりあえずツカミは良し。

カレン先輩には好きにイジっていい許可はもらってる。かなり渋々だったけど。

「掃除はいいから、私の靴を磨きなさい。そこに跪《ひざまず》くのよ！」

「それはご褒美ですか？　舌で磨くんですか？」

「イジメだ！　ド変態かおまえは！」

再び起きる笑い。

僕もイメージがどんどん悪化してるだろうけど、カレン先輩を巻き込んで心中だ。

特別出演その２——陣所《じんしょ》カレン先輩。

先輩は嫌な予感がしてたみたいだけど、大当たりだ。

本来の意地悪な継母《ママハハ》役だった宇津瀬《うつせ》見《み》さんが、緊張のあまり体調を崩して保健室で寝込んでしまった。

縫《ぬい》の遅刻に加えて、致命的なトラブルだ。

そこで、幸いその場に居合わせたカレン先輩を犠牲に——いや、助けていただくことに。

本当にシンデレラにしておいてよかった。

カレン先輩は細かい台詞《せりふ》はいいので、流れを追ってもらえばいいということで。

といっても、有能なカレンさん、台本を一度読んだだけで覚えてしまったようだ。

そして、アドリブでその記憶力を無駄にさせる僕。

いや、演技力に難があるので、アドリブで素のカレン先輩を引き出してるんだよ。台本どおりにしゃべると、途端に棒になるからなあ。

ついでに、宇津瀬見さんとカレン先輩の服のサイズが近くて助かった。

宇津瀬見さん、けっこう背が高くて胸も大きいからなあ。

衣装のサイズが合う人がクラスにいなかったのも、カレン先輩に助けを求めた理由の一つ。

「では、末っ子というだけで美人なのにイジめられてるサイデレラがお母様の靴を磨いて差し上げます。お母様は凄《すご》いですものね、夏の全国模試で六位ですもんね」

「個人情報を出すな！」

僕は平凡な生徒だけど、カレンいじりに関しては卓越した手腕を持つ。

前半は継母との絡みで笑いを取りつつ、観客を引きつけて進めよう。

なんせ後半が凄く不安なので……不安なので！

「さあ、サイデレラ、余計なことは決して言わずに私の靴を磨きなさい！」

「…………」

カレン先輩もアドリブでフリーズすることはなさそうだしね。

ところで、先輩が台の上に足を置き、僕は床に座って靴を磨かせていただいてるんだけど。

シンデレラといえば中世ヨーロッパ的な世界観で、意地悪な継母《ママハハ》は丈の長いドレスを着ているイメージだ。

ただ、今回の劇では先輩方が使ったドレスを流用しているのだけど、なぜかどれも太もももあらわなミニ丈だ。

たぶん、ロング丈のワンピースは可愛《かわい》くないとか考えた先輩がいらしたのでは。

そういうわけで、カレン先輩が着用しているのも丈が短いドレスで、足を上げているので僕の位置からはパンツが丸見えに。

説明が長くなったけど、靴を磨いている間はカレン先輩の自前の白いパンツが見放題になっている。

このまま永遠に靴を磨いていたいくらい——いやいや、それは僕のキャラじゃないな。

「ん？　なにを見て……ああっ、彩木《さいぎ》まこ——サイデレラ！　靴を！　靴だけを見つめなさい！」

あ、気づかれた。カレン先輩は顔を真っ赤にして、ドレスの裾を押さえている。

裾を押さえても角度的にパンツは見えたままだし、恥ずかしがっている姿のせいで余計にエロさが増してしまった。

なんてことだ……保護者も見ている舞台なんだから、エロスは禁止だ。

「あっはっはー、いいぞ、カレーニナ！　彩木殿、あとで色とデザインを詳しく！」

「……覚えてろよ、来羽《らいは》。彩木慎《まこと》もな」

観客席から聞こえてきたのは、カレン先輩と同じ施設出身の瀬紀屋《せきや》さんの声だ。

当然のように来ていたか……しかも僕がパンツ見ちゃったことにも気づいてるし。

でもまだ大丈夫、ツカミはＯＫ、流れもこれでイケる。

せっかくクラスのみんなで進めてきた演劇、今は亡き縫《ぬい》のためにも成功させないと！


二年Ａ組の演劇は、トータルで二十分にも満たない。

これでも長めに尺をもらえてるほうだ。軽音楽部の友人なんかは、十分ももらえなかったとぼやいてたし。

それでもウチもたった二十分、されど二十分。

演じてる側としてはまるで永遠のように長い。特に僕は出ずっぱりだしね！

意地悪な継母に続いて、意地悪な姉、意地悪な飼い犬（ギャグ要員）の絡みを経て、次は舞踏会に出かけられない哀れなサイデレラの前に例の人が現れる。

「ああ、可哀想《かわいそう》なサイデレラ。舞踏会に出かけたいのね？」

「ロリっ子魔法少女キター！」

「ちょっと待った、誰がロリっ子！　調子乗ると、ブッコロ！」

さっそく僕のアドリブにお怒りだけど、ここもキャスティングが変更されている。

魔法少女——じゃない、魔法使いを担当するのは貴宗天華《きそうてんか》さん。

縫《ぬい》の不在は、ただ王子役がいなくなっただけでなく、キャスト全体に波及してしまった。

玉突き人事というか、王子がいなくなったことで、魔法使い役の変更も必要になったわけだ。

天華さんは、もちろん脚本を書いた本人なんで台詞《せりふ》はばっちりだし。

校内でも密《ひそ》かに人気の女子だから、縫の代役としても不足はない。

演技力は微妙だけど、天華さんの場合は普段から棒読みみたいなしゃべり方だし。

まあ、天華さんが王子になってもよかったんだけど、彼女がそれは断固拒否したんで。

縫がちゃっかりかっさらった、一番目立つ役の代理なんて絶対嫌だとか。

「うおおお、貴宗さんだ！　聖華台《せいかだい》最高のロリ巨乳がまさかステージに！」

「絶対、劇には出てこねぇと思ったのにロリコン殺しにきたな！」

「やべー、ちっこい！　俺、できればおっぱいも小さいほうがよかった！」

わーい、さすが天華さん、密かな人気を集めてるという噂《うわさ》はマジだよね。

その天華さん、「顔は覚えた、あいつら。あとで調べる、名前……」とかぶつぶつつぶやいてる。怖《こわ》っ。

小さな天華さんには、真香《まか》先生の魔法使い衣装はサイズが合わなかった。

そこで制服の上に黒いマントだけ羽織ってる。マントは折り返してサイズ調整済み。

意外とサマになってるなあ。制服の上にマントというのがハ●ポタ的というか。

「おまえを助ける義理もないんだけど、仕方ないから着るものとアシを用意してあげよう。決済はクレカかペイ●イで」

「お金取るの!?　しかも支払いの二択はなに!?」

仕方なく、僕はポケットからクレジットカード――に見せかけたポイントカードを差し出す。

笑いはイマイチだけど、許容範囲内。よし、スベってはいないぞ。

「さあ、時間も押してるし巻きでいく。出《い》でよ、ドレスとかぼちゃの馬車！」

天華さんが魔法のステッキを振って――照明が落ち、僕は素早くステージ袖に退出。

続いて天華さんにスポットが当てられる。

始まるぞ、魔法少女ダンス（ノリノリ可愛《かわい》く）だ！

公式で許可されている音楽に合わせて、天華さんが踊り始める。

この魔法ダンスシーンは脚本に縫《ぬい》が書き加えたもので、天華《てんか》さんは関わってない。

なのに、なぜ天華さんが踊れるかというと——

ハイ、以下回想。

『む、無理、私! ダンスできない、台詞《せりふ》はともかく!』

『天華、この前わたしの家で踊ってたじゃない。あれ、完コピのレベルだったわよ?』

『お姉《ねえ》ちゃんっ!? 余計なこと言わないで、彩木《さいぎ》も聞いてる!』

という会話が、配役交代の話し合いの最中に真香《まか》天華姉妹の間でコッソリ交わされてました。

天華さん、お姉さんと二人きりのときは姉のマネをしたりする可愛《かわい》い妹らしい。

微笑《ほほえ》ましい……藤城《ふじき》家での天華さんのダンス、僕も見たかったな。

——というわけで、天華さんの出演は問題なし、オールクリアだ。

「彩木、これ脱がすから! はい、バンザーイ!」

「はーい、ばんざーい……」

ステージ袖に引っ込んだ僕は、されるがままに女子のみなさんに群がられて、ドレスを着せられている。

ドレスの着方なんて知ってたら怖いし、女子のみなさんに全面的にお任せだ。

ハッハッハ、女装を二度も晒《さら》した僕にはもう怖いものはないよ。

もう僕はどこまでも落ちてゆく……ライク・ア・ローリングストーン。

あー、天華さんのダンスは華やかでいいなー。だいぶウケてるし。

「おいこら、彩木慎《まこと》！　呆《ほう》けてないで足を上げろ！」

「あれ？　カレン先輩も手伝ってくれてたんですか」

「乗りかかった船だ、徹底的に協力してやる。私もこういうヒラヒラした服の扱いは得意だ」

「カレン先輩の私服、可愛いガーリー系ですもんね」

「だからいらんことを言うな！」

えーっ、と衣装係の女子のみなさんが目を輝かせてる。

先代会長の人気、未《いま》だ健在。憧れの先輩の私服は気になるよね。

「あのな、彩木慎。貴宗《きそう》天華も頑張ってるんだから、おまえも死んだ目では困るぞ」

「わかってますよ、カレン先輩」

カレン先輩だって文化祭には関わらないというルールを破ってくれたんだしね。

これでいい加減なステージをやったら、申し訳がなさすぎる。

お色直しが終わったらサイデレラの第二ステージ、張り切っていってみようか。

カボチャの馬車でお城に向かい、セットチェンジを経て——

いよいよ舞踏会が始まった。

サイデレラはこれでもかと華やかなキラキラのドレスを着て、みんなの注目を集めている。

漫画でもよくある、モブに褒《ほ》め称《たた》えさせてキャラの説明をさせる段取りだ。

サイデレラの美しさの説明が終わると——なにを終わらせてんねんって話だけど。

遂《つい》に、あのお方が——王子様のご登場だ。

「ああ……！　なんて美しい人なんだ！」

うぎゃあああああ——っと、割れんばかりの歓声が響く。

観客のみなさん、今日イチの歓声ですね。サイデレラなんか、しょせん道化ですもんね。

特別出演その1、現れた王子様は——

説明するまでもなく、我が校が誇る高嶺《たかね》の花《はな》、藤城真香《ふじきまか》先生。

長い茶色の髪を後ろでまとめ、王子というよりRPGの伝説の勇者みたいな格好《かっこう》をして、
腰には剣まで差している。

若干サイズが合ってないのはしょうがない。縫《ぬい》の衣装だと、割と長身の真香先生には少

し小さい。

そこを差し引いても——真香先生はめちゃくちゃ凛々《りり》しい。

今まで僕の意思に関係なく、真香先生のコスプレをたっぷり見せられてきたけど、格好良さではこの衣装が群を抜いてる。

うわぁ……めっちゃキマってるなあ……。

あれだけ美人だと男装でもサマになるのか。

縫の男装もけっこう似合ってたけど、あいつはゆるゆるな顔だからなあ。

「おお、サイデレラというのですか！　斬新なお名前ですね！　私はこの国の王子にして絶対者、いずれこの地上の者すべてを跪《ひざまず》かせる覇王となります！　さあさあ、そんな私と踊らせてあげましょう！」

「グイグイ来ますね！」

ここは、天華《てんか》さんの脚本どおり。

今回の劇『家族にイジ（略）』の王子様はイケイケのオラオラ系。

『おかしい、唯我独尊じゃないと。求婚する、一回舞踏会で会っただけの女』

というのが脚本担当さんのコメント。

王子は台詞《せりふ》も多くて覚えるのも大変なのだけれど、真香先生のコメントも引用しよう。

『天華が書いた脚本なんだから、隅々まで熟読して暗記してるわよ』

この台詞《せりふ》に、シスコンの天華《てんか》さんが真っ赤になって感激してたのは言うまでもない。

そんな急ごしらえの割に、覇王の風格漂う王子様とのダンスシーン。

互いに手を握り合い、音楽に合わせてステップを踏む。

お相手であるサイデレラは平凡な運動能力しか持たないため、振り付けは簡単なものになっている。

縫《ぬい》は本気で一大スペクタクルを演じたかったらしいけど、無理無理。

だいたい、縫だってダンスのレッスンを受けてるのに、あんま上手《うま》くないし。

「舞踏会など退屈だと思っておりました。王子である私を満足させられる女を探すくらいなら、私が女装したほうが早いと思っていたほどでした」

「自信過剰ですね！」

「ですが、初めて私を超える女性と出会えました。実は、この城に部屋を取ってあります。是非、いらしてください」

「ホテルの部屋を取った、みたいに言わないでください！　王子様の自宅でしょ！」

「おっと、思わずがっついてしまいました。幼い頃からほしいものはなんでも手に入れてきたので」

「この国、滅びませんか？」

王子と結婚するサイデレラも巻き込まれて破滅しそうだ、この国。

とりあえず、笑いは起きてる。

普段、凛々《りり》しいキャラで通ってる真香《まか》先生とのギャップがウケていそう。

「彩木《さいぎ》、死ねぇぇぇ！　真香先生に更生されてるだけでは飽き足らず！」

「いくらサイデレラが可愛《かわい》くても、真香先生の手を握るなど許されぬぞ！」

「藤城《ふじき》先生と踊った彩木とあとで踊れば間接ダンス！」

おお、観客から呪詛《じゅそ》の声も上がっておるわ。妙なことを企《たくら》んでる奴《やつ》もいるけど。

呪われるだけで済むなら、もう僕と真香先生の関係が噂《うわさ》になることもないな。

そろそろ、噂になるから恥ずかしい……的な展開は飽きたしね。

「ちょっと、彩木くん。足元がお留守よ。ちゃんと踊らないと、天無《あまなし》さんが草葉の陰から呪ってくるわよ」

「いえ、縫《ぬい》は生きてますが」

真香王子が踊りながら、耳元に唇を寄せてささやいてくる。

熱い息が耳にかかって、くすぐったい。

未《いま》だに慣れないダンスも大変だけど、真香先生と手を繋《つな》いでいるという状況が強烈だ。

多少なりとも、真香先生に耐性ができてるからいいものの、春頃に同じ状況になってたら即死やむなしだった。

「ふふふ、まさか人前で彩木くんと踊れるなんて夢にも思わなかったわ」

「まあ、まさかファイヤストームで踊るわけにはいかないですからね」

「はっ……し、しまった！　ドラマ的には薄暗い中、炎に照らされて二人で踊るのが盛り上がるのに……！　こんなところで踊ったら、もうチャンスが！」

「いえ、二度踊っちゃダメってことはないですけどね」

ファイヤストームで特定の生徒とだけ踊るのはまずいけどさ。

「ていうか、声大きいです。客席に聞こえなくても、周りのみなさんに聞こえちゃいますよ」

ステージでは意地悪な継母《ママハハ》、意地悪な姉たちも踊ってるので、気をつけないと。

ダンスは盛り上がったまま終わり――

「私はもう帰らなくてはいけません。十二時の鐘が鳴ってしまいます！」

「ダメだ、サイデレラ！　十二時前に町をウロウロしていたら補導されてしまう！　私の立場としては見逃せない！」

「急に教師に戻らないでください！」

ツッコミつつ、ガラスの靴（本当は透明プラ）を脱いで思い切って放り投げる。

普通に脱ぎ捨てても観客からは見づらいので、派手なアクションにしているわけだ。

そして、暗転。ナレーションで、執念深い王子がガラスの靴の持ち主を探す例のくだりを説明。

「さあ、この靴がぴったり合う者はいないのか！」

王子様がサイデレラの家に来て、ガラスの靴を片手にギャーギャーわめいている。

あとは僕が靴を履いて、王子様からの求婚を受け入れて終了だ。

ふー、なんとか無事に終わりそうか——


「ちょっと待ったぁーっ！」


「おお、そなたこそまさにあの夜の美しい人！　ガラスの靴がぴったりだ！」

「ちょっと真香《まか》ティー……じゃない、真香王子！　せっかくの登場をスルーしないで！」

突然、ステージに飛び込んできたのは縫《ぬい》だった。

王子衣装は真香先生が着ているので、深い緑色のワンピース——本来、魔法使いのお姉《ねえ》さんが着るはずだった衣装を身につけてる。

仕事が終わって駆けつけてきたのか。

「我が名はヌイちゃん姫！　王子の妹で女の子もイケちゃう口！　サイデレラとはあたしが結婚する！」

「もうエンディングなのに話をややこしくされても！」

観客は盛り上がってるけど、与えられた尺というものが！

「悪いが愛する妹よ、サイデレラは渡せない！　ほしければ力ずくで奪うがいい！」

「望むところだよ、お兄様《にいさま》！　あたしが若さで勝つ！」

真香先生は腰の剣（銀紙製）を抜き、縫は魔法のステッキを構える。

縫、服だけじゃなくてステッキも持ってきてたのか。

「ちっ……ドサクサにまぎれてわたしのキスでサイデレラを目覚めさせるつもりだったのに。計画が狂ったわ……！」

「僕、毒りんごは食べてませんよ!?」

いつの間にか白雪姫がまざってます、先生！

あと、ステージでそんなことしたらフリに見えても大騒ぎに。

さすがに真香先生ファンの怒りが限界を超える。そして、ぼくころされる。

「うおおりゃー！　真香ティー、その首もらったぁ！」

「SID《シド》を三人に減らせるわね……今日はいい日だわ」

ああっ、真香先生が密《ひそ》かに縫を亡き者にしようと狙ってる！　行動に無駄がない！

観客はめっちゃ盛り上がってるし、ステージ袖で文化祭スタッフが「はよ終われ」ってイライラしてるし。

うーん、残念ながら普通には終われなかったか。

ま、サイデレラが空気と化したので、僕としてはそれで良しとしておこう。

聖華台《せいかだい》高等部の中庭は、ざわざわとにぎわっている。

人が多すぎて前に進むのも大変なくらいだ。どうも去年より人出が多いらしい。

「あっ、せんせー！　こっちです！」

「くー、よかった、見つけられて」

僕は、人波から外れたところでぴょんぴょん跳ねてる幼女に駆け寄る。

くーは、セーラータイプの聖華台初等部の制服着用だ。いつものことながら、お持ち帰りしたいほどに可愛《かわい》い。

しかも、どこかで買ったのか、ネコミミカチューシャをつけてる。

「ふー、ちょっと人多すぎだね。くー、大丈夫だった？」

「小さいので、どこでもすり抜けられます。実はさっきのせんせーの演劇も観《み》てました」

「えっ……み、観ちゃったの……」

演劇が無事に——無事にじゃないけど終わって、三十分ほど経過してる。

もちろんドレスから男子制服に着替えて、今はいつもの彩木《さいぎ》くんだ。

衣装やセットの撤収があるけど、主役ということで着替えが済んだら解放された。

クラスのみんなは二日目の準備もあるんで、ちょっと後ろめたい。

でも、そうなんだよ。二日目もあるんだよ。

縫《ぬい》は明日こそはフル参加できるらしいし、やる気満々だった。

真香《まか》先生の魔法少女ダンスも観られるだろうから、明日も盛り上がりそうだ。

「彩子《さいこ》ちゃん……じゃない、サイデレラちゃん可愛かったです！　いっぱい写真も動画も撮りました！　おかーさんにも送りましたよ！」

「うえっ……コーコ先生、なんか言ってた？」

「〝慎《まこと》くんが目覚めても大丈夫。私は理解があるほうだから〟ってメッセージが来てました。私、よく意味がわかりませんけど」

「わからなくていいかな……」

コーコ先生、本気で誤解してるんじゃないだろうね。

たまに忘れそうになるけど、あの人は一応、僕の初恋の女性なんだよ。

できれば、とんでもない誤解をされたくないなー。

可愛い幼稚園児の慎くんの思い出だけを大事にしてほしい。

「サイデレラの衣装、似合ってましたよ」

「あ、ありがとう」

「頑張って手直しした甲斐《かい》がありました！」

「なるほど、頑張って……って、あの衣装を直したのってくーなの!?　前にえらく疲れてたのって、衣装を縫ってたから!?」

「上手《じょうず》にできましたっ、ぴーす♡」

得意そうにダブルピースをする美幼女。

そういや、前にもミニスカメイド服の手直しとかしてたね。家庭科は得意なんだっけ。

「縫《ぬい》おねーさんが衣装直しの人を探してるって悩んでたので、りっこーほしました。私も、せんせーのお力になりたくて！」

「そ、そうなんだ。よく頑張ったね、くー」

「へへへ♡」

僕は、くーのネコミミカチューシャをつけた小さな頭を撫《な》でてやる。

「せんせー、頑張ったので……ごほーびもらっていいですか？」

「え？　うん、もちろんいいよ。なんでも好きなものをおごってあげよう」

と答えつつも、ちょっと意外。

くーは奥ゆかしいから、自分からご褒美を要求してくるなんて珍しい。

「せんせーと文化祭、いっぱい楽しめたら、私には一番のごほーびです！」

くーは、文化祭のパンフを取り出す。

「まずは行きたいところがあるんです。しかもそこ、タダみたいです。タダでもらえるものはなんでももらっとけって、おかーさんも言ってます！」

「詐欺には気をつけるようにね……」

コーコ先生、仮にも元先生なんだから娘への教育は慎重に。

「なんだ、神樹無垢《しんじゅむく》は行きたいところがあるのか？　まあ、私はどこでもいいぞ」

「……カレンおねーさん、なんでいるんです？」

「来羽《らいは》から逃げ——じゃない、彩木慎《さいぎまこと》を探してたんだ。OPSは便利だな」

「むー……美春《みはる》おねーちゃん、余計なものを配って……」

ああ、くーを実の妹だと思い込んでる美春がショックを受ける展開に。

くーはカレン先輩の同行に不満があるみたいだ。

「まあ、いいです……来羽おねーさんもいるんですか？」

「さっきの茶番——いや、劇を観《み》られたようでな。ウザいほどからかってくるから、逃げてきた。あいつは顔が広いから、他にもウチの生徒の知り合いがいるようだし、放っておいても大丈夫だろう」

「瀬紀屋《せきや》さんは気にしないでしょうね。でも先輩、逃げ切るのって無理でしょ？」

「今がよければそれでいい……」

カレン先輩の目が死んでる。

瀬紀屋さんはカレン先輩が住んでる施設に、ちょいちょい里帰りしてるしね。

間違いなく、瀬紀屋さんは施設のちびさんたちにカレン先輩の意地悪な継母《ママハハ》姿の写真や動画を見せに行くだろうなー。

「それより、せっかくの文化祭を楽しもう！　私はずっと勉強だの生徒会の引き継ぎだので死んでたんだ！　この文化祭から猛攻を開始するんだ！」

「カレンおねーさん、せんせんふっきですか……むー」

「ああ、本気だ……今やらずして、いつ本気を出すんだ……」

カレン先輩の目が怖いほどマジだ。

ちょっとやる気がありすぎるくらいに。

大学四年をかけて僕を狙うとか言ってたのに、急にがっついてきたな。

とりあえず、くーのお目当ての出し物へと移動。中庭じゃなくて、校舎内の出し物らしい。

「へー、ここか」

「はいっ、ここです。すっごく楽しみ♡」

僕らがやって来たのは、一年A組の教室。

この教室の催し物は——お化け屋敷。

「おっ、お化け屋敷……だと？」

「どうしたんですか、カレン先輩？　顔色が悪くないですか？」

「い、いや、なんでも……わ、私はこれでもシスター見習いだからな。幽霊や悪霊の退治はお手の物だ」

「退治しちゃダメですよ」

一年A組は商売あがったりだ。お金取ってないけど。

ん？　教室前の受付にいるのは……。

「あーい、いらっしゃいましー」

「美春《みはる》？　ああ、そうか。一年A組だっけ」

「妹のクラスも忘れてる兄の薄情さよ。今日は3Pなん？」

「三人で来ただけ！」

くーが、「さんぴー？」と小学生が言っちゃいけない台詞《せりふ》をつぶやいてる。

「み、美春もクラスの出し物やってたんだね。仕事が忙しくて、こっちはスルーかと」

「クラスの出し物やらなかったら、ハブられちゃうよ」

美春は、三角の頭巾みたいなものをつけ、白い着物姿――死人コスプレだった。

パーカー以外の妹はとても珍しい。兄の僕にすら新鮮な姿だ。

「ていうか、このお化け屋敷は美春プロデュースだから」

「えっ、そうなの？」

「全国の文化祭を調べて、低予算で最大限の恐怖をご提供できるお化け屋敷に仕上げたよ。開場から女子供が泣くわわめくわ」

「美春《みはる》も女子供だけどね……」

実は、さっきから気になってはいた。

一年A組の教室から尋常じゃない悲鳴が絶え間なく響いていることに。

これ、下手《へた》すると警察が駆けつけちゃうレベルなのでは？

「じゃあ、頑張ってくれ彩木《さいぎ》美春。さて、次は私のクラスの展示を見に行こう。毒にも薬にもならなくて、いい感じだぞ」

「あれれ、カレンおねーさん、にがしませんよ？」

がしっ、とカレン先輩の袖を掴《つか》んで離さない幼女。

やべぇぜ、くーはカレン先輩の思惑を既に見抜いてる。

可愛《かわい》い可愛い幼女だったはずなのに、だんだんなにかに目覚めてない？

「まあ、大丈夫ですよ、カレン先輩。そうはいっても、文化祭のお化け屋敷ですよ」

「そ、そうだな。いや、別に怖くもなんともないが、子連れで入るのはいかがかと思っただけで。文化祭の出し物がそんなに本格的なわけが――」

「おいっ、早く連れ出せ！　瞳孔《どうこう》が開いてるぞ！」

「蘇生《そせい》措置を急げ！　AEDはまだなのか！」

いきなり教室の扉が開いて、ストレッチャーがガラガラと運び出されてきた。

ストレッチャーには制服姿の女子が寝かされ、白衣を着た男子二人が横についている。

「……元生徒会長として付き添ってやらなければ」

「いえいえ、あのおねーさんのぎせいを無駄にしないためにも、私たちががんばりましょう」

「そんな必要があるのか!?」

カレン先輩は本気で嫌そうだ。

まあ、今の生徒搬送《はんそう》は演出だろうね。美春、ニヤニヤしてたし。

「いいから、入りましょう、先輩」

「わ、わかってる。おまえたち、私についてこい」

それでも先頭に立つカレン先輩。難儀な性格だな。

教室のドアを開けて中に入ると、当然ながら真っ暗だった。

「つーか、思ってたより暗いね。どっちへ行けばいいのかもわからない……」

「お、おい、彩木慎《まこと》、神樹無垢《しんじゅむく》、仕方ないから手を繋《つな》いでやろう。はぐれたら迷子になってしまうからな」

「教室ですよ。迷子になりようがないですよ」

太極拳のようにゆっくり移動しても、出口まで三分もかからない。

「あれ？　今、なにか聞こえましたよ。ひゅううーって笛みたいな……」

「お、脅かすな、神樹無垢！　そんな音がするわけないだろう！」

「いえ、するでしょ」

お化け屋敷なんだから、音で脅かしてくるのは普通だよ。

でも、確かに不気味な笛みたいな、呼吸みたいな音が聞こえてくる。

なるほど、低予算なので不気味なセットを組むのはやめて、どこかで拾ってきた音源を使ってるわけか。

真っ暗だと進むのも時間がかかるから、ゆっくりと音を聞いてしまう。

さらに、教室で行うお化け屋敷の最大の欠点〝あっちゅー間《ま》に終わってまうねん〟をカバーできる。

考えてるな、美春《みはる》。さすが、僕の妹は可愛《かわい》いだけじゃなくて頭いい。

「お、おい……彩木慎《さいぎまこと》、スマホのライトをつけろ。バッテリーが切れてもいいから最大光度で」

「イヤガラセですか?」

どこの世界に、お化け屋敷で勝手に灯《あか》りをつける客がいるんだ。

「あ、ここ曲がり角になってます。気をつけてください、先輩、くー」

いつの間にか先頭を歩かされてた僕が、目の前の壁に気づく。

「その壁を破ればゴールなんじゃないか?」

「カレンおねーさん、力ではなにもかいけつしませんよ」

「ぐっ……」

幼女に諭される元生徒会長にして、全国模試上位の超優等生。

「曲がりますよ、こっちに――」

「UAHHHHHHHHHHHHHH！」

「ぎゃあああああああああっ」

「きゃーっ♡」

呪詛《じゅそ》のようなうめき声の直後に、甲高い悲鳴と可愛い悲鳴が一つずつ。

ていうか、僕もビビった。

壁だと思ったところにガラスが張られていて、いきなりそこにライトがついたかと思うと――長い黒髪の女の人が逆さに降ってきた。

ありがちだけど、怖い！

「や、やめろ！　なんでこう、黒髪女って怖いんだ！」

「あんたも黒髪やん」

怖さも敬語も忘れて突っ込んでしまう僕。

「あ、前にせんせーと観《み》た井戸から女の人がズズズズッて出てくる映画も黒髪でしたね。怖かったー♡」

「ぜ、全然怖そうに見えないんだが……彩木慎は幼女となにを観てるんだ……」

大昔の傑作ホラー映画です。今観《み》ても面白いよ！

「いや、映画はいいから引き返そう！　一人でも引き返す！　こんな危険なところにいられるか！」

「危険がある出し物なんて、文実《ぶんじつ》が許可しないのは先輩が一番よく知ってるでしょ」

「だいじょーぶです、行きましょう、行きましょう。カレンおねーさんの悲鳴は、お化け屋敷のいいせんでんにもなりますよ。美春《みはる》おねーちゃん、よろこびます」

「私は喜べないんだが!?」

この幼女強い。そして、意外にシスター見習い弱い。

「きゃあああああっ、もうやだ！　お家《うち》帰るーっ！」

「きゃーっ♡　私も怖いですー♡♡」

ガチ悲鳴とファッション悲鳴が響き、美人先輩と美幼女が両側から抱きついてくる。

カレン先輩のおっぱいがー！　くーのふわふわしたロリボディがー！

いきなり足首を掴《つか》まれたり、急に耳元でお経が響いたりとか、美春が仕込んだ罠《わな》が絶妙のタイミングで襲ってくる。

そのたびに、二人が抱きついてきて僕は怖がる暇もない。

恐怖じゃなくて、別のものを楽しんでるような……！

「くっそう、シスターのお姉《ねえ》さまたちを率いてここの幽霊どもを全部祓《はら》ってやる……！」

「怖すぎて、もう一周したいですっ♡」

まあ、カレン先輩もくーも楽しんでるみたいだからいいか。

ずっとバタバタしてたから、普通に遊べるのが嬉《うれ》しいな——って、ちょっと待った。

凄《すご》く楽しいんだけど……僕としては、あの人にも楽しんでほしいんだよなあ。


「じゃーな、彩木《さいぎ》殿！　カレーニナは確かに預かった！　この死体はウチの寺院で蘇生《そせい》させておくから！　囁《ささや》き、祈り、詠唱、念じろ！」

寺院じゃなくて修道院でしょ。

ウィザード●ィ？　さすがにネットでネタを知ってる程度だけど。

とにかく、瀬紀屋《せきや》さんに連絡して、恐怖のあまり遂《つい》に死体と化したカレン先輩を引き取ってもらった。

カレン先輩がここまで怖がりだったとは……これはいいことを知った。

「はー、楽しかったー♡　あ、せんせー、私も友達が来てるみたいなんで、ちょっと会ってきますね」

「ああ、そうなんだ。いいよ、楽しんでおいで。お小遣いは持ってる？」

「だいじょーぶです、おかーさんからせしめてきたので」

「せしめるって……まあ、気をつけてね。なにかあったらすぐに連絡するように」

ドSに目覚めつつある幼女は頷《うなず》いて、小走りに去って行く。

人出が多くて心配だけど、くーも成長してるし大丈夫か。

「相変わらず、くーちゃんには甘いなあ。美春《みはる》にはお小遣いくれないくせに」

「……僕と同じ人物から小遣いもらってるでしょ」

いつの間にか隣に出現していた妹。

「美春は、年上の人からはまんべんなくお小遣いをもらいたい！」

「そんな力説されても。じゃあ、僕も行くよ」

「あっ、待った、お兄《にい》ちゃん」

「ん？　どうしてもっていうなら少しはお小遣い出せるけど……」

「本当に甘いぜ、この兄貴」

だから、縫《ぬい》口調はやめなさいと。

「そうじゃなくてさ、ちょっとお兄ちゃんに命令——じゃなくて、お願いがね？」

「お願い……？」


文化祭一日目、午後。

文実《ぶんじつ》に持ち込まれたトラブルは、既に三十件を超えているらしい。

ただ、ほとんどが迷子とか、屋台での接客態度へのクレームとか、ささいなものばかりみたいだ。

「そうは言っても、ささいなトラブルが大事《おおごと》になることもあるわ。一つ一つ丁寧に対処していかないと」

「少数のクレーマーが世論を動かす時代なんですねえ」

「そんな達観したことを言わなくていいわ」

真香《まか》先生が苦笑いを浮かべている。

僕らは、二人並んで中庭を歩いているところだ。

僕のブレザーの左袖には、〝ＳＴＡＦＦ〟の腕章が巻かれてる。

「しかしこれ、文実でも生徒会でもない僕が着けてていいんですかね？」

美春《みはる》のお願いとやらは、文化祭の見回りだった。

しかも真香先生の〝助手〟として。

「当日は文実と生徒会だけじゃ手が足りないのよ。人をかき集めて臨時スタッフとして働いてもらうのは毎年のことだわ」

「全然知りませんでしたよ」

「わたしも文化祭関係の役職はないのだけどね。若手の教師はみんな、前線に送り出されるのよ。ひより先生も校門前で来場客のチェックしてたわ」

「へぇ……ていうか、あそこにいるの、保科《ほしな》先生では？」

後ろでまとめた長い黒髪に、眼鏡。

二十代後半くらいの美人で、ベージュのスーツ姿の人がビデオカメラを構えながら、人波をかき分けて歩いてる。

保科先生は僕と縫《ぬい》の中等部時代の担任で、ちょっとした因縁があったりする人だ。

「中等部からも先生たちが手伝いに来るのよ。文化祭の記録係は重要な仕事ね。来年以降の資料になるもの」

「大学からも先輩方が来ますし、いろんな人を巻き込んでるイベントなんですね、文化祭って」

「面倒は多いわ。開催が二年に一回とか、廃止したりする学校も増えてるみたいね」

「聖華台《ウチ》でそんなこと強行したら、縫あたりが反乱を起こしますよ」

「君が軍師になりそうね。でも、あまり笑い事でもないわよ。ファイヤストームが一度は廃止に追い込まれたみたいに、学校は外部からの声に弱いから」

「…………」

まあ、ウチは一応名門校だしね。

学校の名前に傷がつくようなトラブルは避けたいだろう。

クレームが増えれば一日開催になったり、手間のかかる模擬店禁止になったりくらいはあるかもしれない。

「文化祭を楽しみにしてる生徒が多いことは、学校側もわかってるわ。ウチは名門校だけに、生徒が普段窮屈な思いをしてるのも知ってる。数少ない楽しみを奪うようなことは、できればしたくないのよ」

「学校だって鬼じゃないですもんね」

「……君の口からそんな言葉が出るとは驚きだわ」

真香《まか》先生が、まじまじと僕の顔を見てる。

「僕が嫌いだったのは教師であって、学校じゃないですよ。嫌いなら登校してませんよ」

「彩木《さいぎ》くんは筋金入りの教師嫌いなくせに、学校は全然サボってないものね。教員側には、〝彩木は教師へのイヤガラセが生き甲斐《いがい》だから休まない〟と思われているけど」

「曲解しすぎじゃないですかね！」

そんなことが理由で真面目《まじめ》に登校してたんじゃないぞ。

僕は教師が嫌いだっただけで、不真面目じゃないんだから。

「わたしはわかってるけど、みんなに理解してもらえるわけじゃないわ。彩木くんにも、理解してもらうための努力は必要なのよ。反抗するのがいけないとは言わない。でも、君にはやったことへの責任というものが発生するわ」

「まるで教師ですね……」

「わたし、魔法使いでも王子様でもないわよ!?」

おおっと、そんな鋭いツッコミを入れてると高嶺《たかね》の花《はな》のイメージが。

だいぶ崩れかけてるけど、立場的に最低限のイメージ維持は必要なのでは。

「ああ、文化祭の最中にお説教なんて無粋《ぶすい》だったわね。見回りに集中しましょう」

「といっても、朝から文実《ぶんじつ》スタッフがしつこくチェックしてるんでしょ？」

「学校側も確認してるわ。食中毒や火事を起こしたら大変だもの。家庭科の先生が厳重に見ているし、ウチには県警の強行犯係で放火事件を担当してた先生もいるわ」

「凄《すご》い経歴の人いますね！」

ウチの教師陣、不思議な人多いな――って、あれ？

なんか、次々とエプロン姿の生徒たちがこっちに集まってきてる？

「あのっ、真香先生！　ウチの焼きそば、味見してもらえませんか！」

「こっちのたこ焼きも！　是非、食べてるところを動画に撮らせてください！」

「ウチはお好み焼きです！　ソースが一味違うんです！」

「え、ええ。ちょっと落ち着いて、順番にね」

一人が焼きそばを真香先生に差し出したとたん、それを待ってたように次々と。

どうでもいいけど、なんでお好み焼き系の食べ物ばかり。

「彩木《さいぎ》！　藤城《ふじき》先生に味見してもらうには、おまえを通せばいいのか!?」

「むしろ俺を真香《まか》先生に味見してもらいたい！」

「こんなときにふざけるのはやめろ！　美人教師にウチの商品を手に取ってもらえるだけで映《ば》えるんだ！　彩木、列を整理しろ！」

「………」

僕、真香先生のマネージャーじゃないんですけど。

先生に商品を手に取ってもらって写真を撮ればいいの？

撮り終わったら〝剥《は》がし〟をやればいいの？　アイドルの握手会カナ？

なんて僕が困惑している間にも、わたあめだのクレープだのを持った生徒たちも押し寄せてくる。

「はい、ちゃんと並んで！　そうです、ここで列を折ってますから、あそこで手を挙げてる人の後ろへ行ってください、そこが最後尾です！　押さないで、押さないで！」

と、本当に列の整理をさせられている僕。

確かにこれは、助手が必要な仕事だな。

もしかすると美春《みはる》が気を遣って、僕と真香先生が堂々と文化祭を歩けるようにしてくれたのかと思ったら。

普通に仕事でした。僕の妹がそんなに優しいわけがない。

「はいはい、ＳＮＳにアップするならハッシュタグ〝聖華台文化祭《せいかだい》〟を忘れずに！　個人情報の扱いには気をつけて！」

本格的にマネージャーになりつつ、これ以上続けると握手会が始まりかねないので――キリのいいところで終了させてもらって、集まったみんなを解散させる。

文化祭を混乱させちゃ意味がないしね……。

「ふー……なんだったんだ、いったい」

「お疲れ様、彩木くん。なかなか上手《じょうず》にさばけてたわよ」

「今後活《い》かされそうもない経験ですよ。危うく、パニックになるところでした。真香先生、素顔を晒《さら》して出歩かないほうがいいですかね。マスクとサングラス、つけません？」

「指名手配犯じゃないわよ！」

「そうは言っても……あ、それイケます！　写真撮っておきましょう！」

僕はスマホを取り出して、カメラを起動させて真香先生に向ける。

真香先生は生徒たちからもらった、わたあめやクレープ、りんご飴《あめ》なんかを両手いっぱいに持っている。

これは映《ば》える！

凛々《りり》しい美人教師が、お祭りではしゃいでる子供みたいにお菓子を両手いっぱいに抱えてる図はインパクト大だ！

「ちょ、ちょっと待って。写真撮るなら前髪直させて！　あ、そっちからのアングルだとわたし写真うつり悪いのよ！」

真香《まか》先生、意外と乙女《おとめ》さん。

そして、乙女のこだわりなど無視して写真を撮りまくる彩木《さいぎ》くん。

真香先生の両手が塞がっていてなにもできないのをいいことに、好きなように撮ってしまう。

文化祭スタッフは、期間限定でツイッターやインスタを動かしてる。

これらのアカウントは僕ら臨時スタッフも使用可能で、宣伝などの情報を拡散中。

フォロー、RT《リツイート》、いいねをよろしくね！

「とりあえず、一番フォロワーが多いツイッターに写真を……って、うわあぁっ!?」

「ど、どうしたの、彩木くん？」

「あっという間にRTといいねが……！　秒で1000を超えました！」

「バズるの早すぎないかしら……あまり拡散するのも問題なのだけど」

いつぞや、真香先生が言ってたな。

学校っていうのは教師が仕事以外で目立つのを嫌うって。

今は間違いなく仕事中だけど、両手いっぱいにお菓子を持ってる写真が広がるのはあまりよろしくないかも。

「あー、他のスタッフがさっきの劇の縫《ぬい》を撮ってツイートしてたみたいですね。そっちのツイートがバズって、ウチのアカウントに注目が集まってたのか」

「……天無《あまなし》さんのオマケでバズるのは嬉《うれ》しくないわね」

「ま、まあまあ。いい宣伝になりますよ。来場者、もっと増えるかもしれませんね」

「来場者が増えると、わたしたちの首が絞まるわよ」

「そうでした……」

ただでさえ、既に去年より多いみたいだし……。

でも、お客さんが多いほど盛り上がるから宣伝がバズるのは大歓迎だ。

もちろん、文化祭スタッフは死ぬけどね！


混雑してる中庭を美人教師のせいでこれ以上カオスにさせたくないので、校舎内へ。

熱心な客引きに何度も捕まりつつ、見回っていく。

「特に問題はなさそうですね。まあ、油断したところでっていうのが定番——って、あれ？　真香《まか》先生？」

隣を歩いてたはずの真香先生が、忽然《こつぜん》と消えている。

い、いけない……こういうパターンはいけない！　絶対によくないことが起きる！

「慎《まこと》さん、慎さん、こっちへ」

「縁里《えんり》？」

二年Ｄ組の教室の扉から、縁里が顔だけをひょこっと出して手招きしてる。

「なに？　ちょっと真香先生を捜してるんだけど」

「藤城《ふじき》先生なら、ここにいらっしゃいますわ。あなたも、どうぞ」

「そうなの？　えーと、二年Ｄ組は……〝コスプレバトルフィールド〟？」

ここ数年、コスプレのお店を出すクラスは毎年のようにあるらしい。

一つあったのは知ってたけど、縁里のクラスだったのか。

「今は空《す》いてるんですのよ。なぜか中庭に人が雪崩《なだ》れ込《こ》んでいるらしいですわね」

「なぜかね。それにしても、縁里。その格好《かっこう》はなに？」

「説明しないのはスルーしろということですわ。昔から鈍い方ですわね」

本日の縁里の服装は、緑色のワンピースにマント。背中には木製の弓。

さらに、ぴーんと尖《とが》った長い耳をつけている。

もしかしなくても、ファンタジーものでよく見るエルフってやつだろう。

「元から金髪ロングの縁里には恐ろしいほど似合ってるなあ。凄《すご》いチョイスだね」

「ち、違いますわ！　わたくしの趣味ではありません！　ただ、生徒会の仕事で忙しくてクラスにあまり顔を出せないので、看板娘くらいやれと言われたから仕方なく！」

「大丈夫、大丈夫。僕だって生徒会を手伝ってるんだから、わかってるよ」

「とか言いつつ、なぜパシャパシャ撮ってますの!?」

「いや、友達が面白——可愛《かわい》い格好《かっこう》してたら撮るでしょ」

友達の写真を撮るのにあんまり許可は求めないなあ。

「い、いいですけど……SNSとかにアップしないでくださいね?」

「わかってるって。縁里《えんり》、エルフがピッタリすぎるね。前のエキシビション、その格好でもよかったんじゃない」

エルフって貧乳なイメージだしね。最近はそうでもないらしいけど。

「どこを見ておっしゃってるのか、小一時間問い詰めたいですわね……」

縁里は自分の胸元をさっと隠しつつ、僕を睨《にら》んでくる。

「え、えーと……ああ、こんなのも設置してるんだね。デジタルサイネージだっけ」

D組教室の入り口のところに、液晶モニターが三台並べられている。

そこには、次々とコスプレした生徒たちの写真がランダムに表示されてる。

「ええ、コスプレしたみなさんの写真を撮らせていただいて、客引きのために表示しているんですわ」

「ふーん、けっこう衣装多いんだね。あれ、縫《ぬい》だ?」

ぱっと表示されたのは、見間違えるはずもない天無縫《あまなし》。

ロボットバトル物のパイロットスーツみたいなぴっちりした服を着て、グラドルのおっぱいを惜しげもなく見せている。水着より露出度ははるかに低いのに、エロい。

「……こんなの見せて、先生に怒られないかな？」

「写真表示も許可はいただいてますわ。被写体の胸部サイズでNGにしたら、逆に差別になってしまいますわ」

「なるほど……うわ、カレン先輩、くーまで！」

新たに表示されたのは、大正ロマン的な袴姿《はかますがた》のカレン先輩。

黒髪には大きなリボンも結んでる。

「これは素晴らしいでしょう。元会長は黒髪で大和撫子《やまとなでしこ》な方ですし、袴がよくお似合いですわ」

「露出度はゼロなのに、なんていやらしい……」

縁里に聞こえないようにつぶやく。

くーは大きな白衣を着て聴診器を首にかけた、お医者さんコス。

これもまたお持ち帰り不可避なほど可愛い……。

「……あれ、詩夜《しや》ちゃんも撮ってたのか」

「ええ、まんべんなくいろんな女子の写真があるほうが集客になるとかで」

といっても、詩夜ちゃんの姿はあまりコスプレ感はない。

紺色の上着にタイトなミニスカート、タイツ――って、なんか真香《まか》先生っぽいぞ！

ていうか、このクラス、それを狙ってこのスーツ衣装を用意しただろ！

「あ、そういえば、今日は詩夜《しや》ちゃんとは会ってないなあ」

「わたくしは何度か見かけましたわよ。高等部の制服姿で、忙しく走り回ってましたわ」

「ふーん……」

詩夜ちゃんの担当は二日目のミスコンとファイヤストームだから、一日目の今日はそこまで仕事はないはずなのに。張り切って、人の仕事までやってるんだろうなあ。

「あの、新望《しんぼう》さん？　せっかく用意してもらったのだけど、この衣装は……」

「藤城《ふじき》先生！　どうぞ、こちらへ！　お写真を撮らせてくださいまし！」

教室の後ろ側にずらっと並べられた、簡易型の更衣室。

その一つのカーテンが開いて、真香先生が顔だけを出している。

「しゃ、写真？　教師としてどうなのかしら……」

ぶつぶつ言いながら、真香先生がカーテンを開けて出てくる。

薄いパープルのベレー帽に、コスプレ感全開の白を基調にしつつブルーのラインが入ったセーラー服、ミニスカート。ニーソックスにブーツ。

おまけに、手にはご丁寧にマイクまで。

「アイドル教師真香ちゃんですか……いよいよ、B級エロコメになってきましたね」

「これはさすがに、わたしもやりたくなかったわ！」

「いいえ、藤城先生！　とてもお似合いですわ！　モニターが焼きついていてもいいから、藤城先生のお写真を表示し続けなくてはなりません！」

「今時のモニターが焼きつくって相当じゃないかしら……」

嫌がりながらも、真香先生はミニスカートの裾を引っ張ったり、くるくる回ったりしている。

実は楽しんでませんか、先生？

「あ、藤城先生。ちょっとお待ちください。写真部がプロ用のデジタル一眼《デジイチ》を持っていますので、借りてきますわね！　騒ぎになりますので、一時閉店にしておきますわ！」

縁里《えんり》は、たたたっと現役テニス選手らしい軽やかな動きで教室を出て行く。

「あの子、クラスの客寄せにわたしまで利用する気ね……計算高いというのは本当だわ」

「悪気はないんですよ……あれ、他のみんなも出てったのか」

気がつけば、D組のみなさんも教室を出てしまっている。

一時閉店をいいことに遊びに行ったんだな。どんだけ文化祭を楽しみたいの。

「へぇ、わたしも割とイケるんじゃないかしら？　これくらいの歳《とし》のアイドルなんて珍しくもないし」

「…………」

コスプレの店なので、当然ながら大きな姿見も設置されてる。

真香《まか》先生は、アイドル衣装をまとった姿を鏡に映していろんな角度から観察中だ。

「さて、僕もくーとでも合流しようかな」

「あらあら、わたしが逃がすと思ってるの？」

がしっと力強く僕の肩を掴《つか》んでくるアイドル真香ちゃん。

「文化祭の準備で忙しすぎて、ここ最近は〝教育〟が一回しかできてなかったもの。誰もいないし、ちょうどいいわね」

「縁里《えんり》はカメラを借りに行っただけですよ、すぐに戻ってきますって。だいたい、そんな格好《かっこう》でどんな教育をするつもりですか……」

「え？　普段の高嶺《たかね》の花《はな》と可愛《かわい》らしい格好のギャップに戸惑う彩木《さいぎ》くんを楽しめれば、それでいいわよ？」

「完全に大義名分が失われてる!?」

僕が真香先生を好きになるように教育するって話じゃなかったっけ！

いつの間にか、真香先生が欲望を満たすのが目的になってない!?

「でもこれ、なかなかじゃない。わたし、実は歌も得意なのよね」

真香先生はアカペラで流行《はや》りのアイドルソングを口ずさみつつ、キレのあるダンスを披露してくださってる。

ミニスカートがひらひら揺れて、かなりヤバい！

「は、鼻歌くらいは聴いたことありましたけど、歌もお上手《じょうず》ですね……」

「わたしだって、カラオケくらいは普通に行くのよ。音痴だと愛嬌《あいきょう》はあるかもしれないけど、イメージは崩れるでしょう？」

「……アイドルは歌が下手《へた》なくらいのほうが可愛いのでは」

「あら、やっぱり反抗的ね、彩木くん。最近、ちょっと手綱《たづな》を緩めすぎたかしら」

真香先生はなにを思ったか、片手でスカートの裾を握るとゆっくりとめくり始めた。

「ふふふふ、久しぶりに本気出しちゃおうかしら。わたしの教育の恐ろしさを思い出すがいいわ……！」

「もう先生というより、魔王になってますよ！」

最初からそんな感じだった気もするけど！

「いえ、ただめくるだけじゃ芸がないわね。ここは、撮影もＯＫなのよね。そこにどういうわけか、ちょうど良い高さの台があります」

「どういうわけも、コスプレを見せびらかしたい人用のお立ち台でしょ！」

教室の、普段なら教卓が置かれているあたりに机を六つほど組み合わせて上にシートを敷いた台が設置されてる。

あそこに立つ人は稀《まれ》――でもなさそうだな。どうせコスプレするなら目立ちたいだろうし。

真香《まか》先生は、ヒラリと無駄に軽やかな動きでお立ち台に上がる。

「さっきは代役で見せられなかったものね。この衣装で披露しちゃうわ！」

き、来た……！　魔法少女ダンス（ノリノリ可愛《かわい》く）だ！　しかも本家！

いや、本家は女児向けアニメだけど！

「ちょっと、先生！　そんな高いところで踊ったら！」

ひらひらとミニスカートが揺れて、その中がほとんど見えて――

もっと際どいものもたくさんたくさん見てきたけど、このアングルで見るのはよろしくない！

「わたしのスカートの中、撮ってみたくない？　もちろん、本来は絶対に禁止だけれど、彩木《さいぎ》くんのアイドル真香だけはローアングル撮影もＯＫよ？」

「そこまでいくと、完全に変質者ですよ！」

相手の許可が出ていても、僕が大事ななにかを失うよね！　尊厳とか！

「言ったでしょう、イベント続きのせいで〝教育〟が減っているのが問題なのよ。最近の君はあのＪＤとも仲良くしすぎだし、わたしとしては穏やかではいられないわ」

「先生が穏やかだったことなんかあったかな……」

思い当たらないのは、僕の忘れっぽさのせいじゃないよね。

「天無《あまなし》さんみたいなグラドルじゃなくて、普通のアイドルだって肌色は見せるわよね。彩木くん、そういうのは好き？」

「い、いえ、別に……」

「ふふ、遠慮しなくていいのよ、お客さん。ここの踊り子さんは触ってもOKよ？」

「ちょ、ちょっと……！」

真香先生に手を掴《つか》まれ、あっさりステージに引っ張り上げられてしまう。

「アイドル真香は今日限定よ？　アイドル真香を脱がせるのも、今を逃したら二度とないのだけど……どうする？」

「ま、真香先生、ヤバいですって……」

ごくり、と僕は唾を呑《の》み込《こ》んでしまう。

その僕の前で、真香先生はするするとアイドル衣装風セーラー服を脱ぎ始め――

膝を立てて座り、スカートの隙間から黒い下着が覗《のぞ》いてる。

「中身は水着じゃなくて、本物の下着よ？　ただ、上は透けるかもしれないから外しちゃったの」

「ノ、ノーブラなんですか!?」

それで人前に出ちゃダメでしょ！

「大丈夫、そう簡単には気づかれないわ。ほら……着けてないでしょう？」

「うっ……」

真香《まか》先生は、また僕の手を掴《つか》んで、はだけた胸元へと引っ張っていく。

ぷるん、と僕の手が真香先生の生乳《なまちち》に沈み込んでいって——

「真香先生、こんなのマズいですって……縁里《えんり》が戻ってきたら……」

「きゃあっ♡　そんなこと言いながら……どこを触ってるの？」

「………」

ああ、なんてことだ……僕は過激な〝教育〟のせいで壊れちゃったのか。

真香先生の胸元に手を入れたまま、少し手をズラして——剥《む》き出《だ》しの突起の感触が伝わってくる。

これって、考えるまでもなく——

「やんっ……こんなところで初めてそこを触られちゃうなんて……本当にイケない男の子になってきたわね……」

「そ、そうですよ……僕は男の娘《こ》じゃなくて、男なんですから……」

「ちょっと、挑発しすぎたかしら……や、やだ……わたしまで変な気分に……」

真香先生は、見せつけるように開いていた足をきゅっと閉じた。

なんだか、どこからか〝きゅん♡〟なんて擬音が聞こえてきそうな。

ヤバい、ここは教室なのに。今もすぐ外の廊下を誰かが歩いてるかもしれないのに。

「あんっ♡　彩木《さいぎ》くんっ……♡」

その頂点ごと胸を掴んだ手にきゅっと力を入れて——まるで、絞り上げるように豊かな胸を揉《も》んでしまう。

本気でヤバい……この柔らかさは一度味わってしまったら、クセになる……。

肌の手触りもすべすべしていながら、それでいて吸いつくようで——こんな凄《すご》いものの感触だけは教わってはいけなかったような……。

「お待たせしましたわ！　デジタル一眼と常軌を逸した容量のSDカードも借りてきましたわ！」

「…………っ！」

唐突に教室の扉が開いて、縁里が飛び込んでくる。

僕は慌てふためいて、お立ち台から落っこちて——

「っと、危ないわね、彩木くん。気をつけないと」

「…………」

真香先生が、掴んだままの僕の手を引っ張ってくれている。

しかも、はだけていたはずの胸元まで元通りになってるし……どんな早業《はやわざ》だよ！

「あら、お立ち台に上がっていたんですの？　ちょうどよかったですわ、どうせ撮るならそこに上がっていただこうと思ってましたの」

縁里《えんり》は、なにも疑ってないみたいだ。

もう真香《まか》先生の写真を撮ることしか考えてないんだろうなあ……。

しかし、危なかった……僕はなんとなく自分の手をぎゅっぎゅっと握り直してしまう。

さっきの感触は忘れるようにしないと……もう後戻りできなくなりそうだ。

「このカメラ、写真部が部費の大半をつぎ込んで買った高級機種らしいですわよ！」

「新望《しんぼう》さん、あまり無茶《むちゃ》をしてはダメよ。写真部の子たちも撮りたいものがたくさんあるでしょうから」

真香先生、何事もなかったかのようだなあ。役者だなあ。

「もちろん、許可はきちんと取ってきましたわ。藤城《ふじき》先生を撮ると言ったら、むしろこのカメラを使ってくれと押しつけてきたほどです。自分たちは藤城先生を撮るなんて恐れ多いので、わたくしに任せると」

「写真部の連中、なんでそんな卑屈なの……」

「それだけ藤城先生が魅力的ということですわ！　ほらほら、慎《まこと》さんはお立ち台から下りてください！」

「邪魔で悪かったね……」

縁里が僕のほうを見ているのをいいことに、真香先生がニヤニヤ笑ってる。

僕が、真香先生おっぱいの感触で頭がいっぱいなことくらい、見抜かれてるだろうな。

まあ、先生も文化祭を楽しんでるようでなによりだよ……。

忘れてはいけない、真香先生は僕と一緒に学生時代の忘れ物を探してるんだ。

風花《ふうか》先生や詩夜《しや》ちゃんのことは気になるけど、たぶん僕が優先するべきは――

なんたって、カノジョ先生なんだからね。

「さあ、慎さんも手伝ってください。照明の用意もあるので、慎さんはそちらを――あら、なんですの？」

縁里は不機嫌につぶやいて、スマホを取り出す。

生徒会長なんだから、文化祭の最中はひっきりなしに連絡が来るだろうな。

なかなか、遊んでばかりとはいかない――って、あれ？

真香先生もスマホでなにか話してる？

「……慎さん。ちょっと」

「ん？　縁里、もしかしてトラブル？」

「ええ、ちょっと……まずいことになったようですわ。京御《けいみ》先輩……あの方に慎さんから連絡を取ってもらえますか？」

「詩夜ちゃん……？」

僕はなにげなく、真香先生に視線を向ける。

真香先生も困ったような顔をして、僕をじっと見ていた。

ええ……僕の人生恒例の、〝楽しいときこそシャレにならんトラブルが起きる〟が発動しちゃってるの……？

4 カノジョ先生は迎え撃つ

Episode 004

文化祭二日目――朝の七時。

狭い第三会議室に、十数人の生徒たちが集められている。

会議室のホワイトボード前にいるのは、生徒会長の縁里《えんり》と文実《ぶんじつ》の委員長だ。

もちろん、副会長である美春《みはる》の姿もある。朝早いので眠たそう。

「はぁ……」

僕の隣でため息を漏らしたのは詩夜《しや》ちゃんだ。

今日はコスプレじゃなく、いつもの肩出しカットソーの上にカーディガン姿だ。

詩夜ちゃんは大学から来た正式な文化祭スタッフだし、僕も臨時扱いとはいえスタッフであることに間違いないので、会議室に入れてもらえた。

もっとも、文実と生徒会がメインなので遠慮して隅っこにいる。

昨日の夜に、文化祭スタッフのＬＩＮＥグループに朝七時までにこの第三会議室に集まるように通達が来た。

時間が早いのに、ほとんどのスタッフが集まっているようだった。

そのスタッフたちの顔は一様に冴《さ》えない。室内には緊張が満ちている。

これから、どんな話を聞かされるか予想がついてるからだろう。

僕にだってわかるんだから、本職のスタッフたちに想像がつかないはずもない。

昨日、あんなトラブルが起こってしまったのだから――

「おはようございます、みなさん」

会議室のドアが開いて、入ってきたのは教頭先生と――真香《まか》先生も一緒だった。

生徒たちが挨拶を返すと、教頭先生はまずゴホンと咳払《せきばら》いをして――

「今日は早くに呼び出してごめんなさい。といっても、スタッフは例年これくらいの時間には集まってるようですが。熱心な生徒が多くて、私としても嬉《うれ》しく思います」

周りのみなさんが、ソワソワしてる気配が伝わってくる。

教頭先生の話はまだ前置きだということは、みんなわかってるはず。

早く本題に入ってほしいと思いつつ、聞きたくないという複雑な気持ちなんだろう。

少なくとも、僕はそうだ――

「文化祭一日目、お疲れ様でした。昨日は例年以上の人出があったようです。文化祭実行委員が中心となったSNSでの宣伝などが功を奏したのでしょう。任意でお願いしているアンケートの結果もおおむね好評だったようです」

教頭先生のお話は続く。

いい話が続くほど、このあとの――「だが」「しかし」などの逆接から続く話が怖くなってくる。

「ただ――」

来た。

「みなさん、昨日の午後に起きたトラブルについては知ってると思います。中庭のゴミ箱が燃えてしまった件です」

「………」

集まっている全員の顔が、どんよりと曇ってしまう。

そう――昨日、縁里《えんり》のクラスで遊んでいたときに入ってきた連絡は、中庭でゴミ箱が燃えたという件についてだった。

幸い、ゴミ箱自体も全焼したわけではなく、火はすぐに消し止められた。

それでもやはり、中庭は騒然としてしまい、一時は中庭から来場客はもちろん、生徒たちも全員避難することになった。

例の元警察官という先生の指示のもと、他のゴミ箱や火を使っている屋台のチェックが行われ、一時間近く中庭に出入りできないままだった。

校舎内と体育館での出し物も一時中断したものの、それらは三十分もかからずに安全が確認されて再開されたけど――

「ここにいる文化祭スタッフのみなさんが迅速に対処してくれたおかげで、被害は最小限で済みました。みなさんの仕事には我々からも感謝しかありません。ですが――」

教頭先生は、言いにくそうに口ごもる。

隣にいる真香《まか》先生の表情も曇っていて、なんだか見てられない。

「学校にクレームが入りました。火事を起こしておいてこのまま文化祭を続行するのはいかがなものかと。ご近所の方、それに保護者の方からです」

うーん、まったく予想どおりの展開だな……。

わかっていても、教頭先生の口から説明されるとずっしりと重くのしかかってくる。

「昨日、緊急の職員会議を行い、学院長先生が判断を下されました。文化祭二日目は――予定どおり開催します」

おおおおっ、と生徒たちから声が上がる。

最悪の場合、文化祭中止もありえたのだから当然だ。

正直、僕もほっとしてる。隣の詩夜《しや》ちゃんもぱっと笑みを浮かべた。

「消防署の方にも調査してもらった結果、おそらく、誰かが捨てたタバコの火がゴミ箱に燃え移ったのではないかと」

「出火原因は、屋台の調理器具ではないのは間違いありません。校内では来場者ももちろん禁煙ですが、マナーの悪い方がいたんでしょう。我々は、タバコを捨てたのは生徒ではないと判断しています」

教頭先生に促され、真香先生が続けて説明する。

「ですから、生徒のみなさんには責任はありません。もちろん、文化祭スタッフの仕事にもなんの落ち度もありませんでした」

真香先生は、持っていた書類を眺めながら極めて事務的に言った。

「ですが――一つだけどうしても対処しきれない問題がありました。これについては、予定どおりに実行するとリスクが大きいという判断が下りました」

真香先生が事務的に説明する中――

詩夜ちゃんが、ぎゅっと僕の手を握ってきた。

たぶん、詩夜ちゃんは僕と同じことを考えてる。

僕がその手を握り返し――真香先生はそれを待っていたようなタイミングで口を開いた。

「火事を出したということで――ファイヤストームは自粛することになりました」


「まー、しょうがないよ、マコ。切り替えていこう」

「意外とあっさりしてるね!?」

第三会議室を出て、詩夜ちゃんと一緒に屋上の扉前へとやってきた。

屋上は基本的に立ち入り禁止なので、今日は出ないことにした。

屋上への扉の前には使っていない机や椅子が積まれていて、詩夜《しゃ》ちゃんはお行儀悪く机に座っている。

「でも、詩夜ちゃんが頑張って、やっとファイヤストームが復活できたのに……」

「アタシが頑張ったんじゃないよ。むしろ、マコたちのほうが頑張ったでしょ。それに、マカ様だって手伝ってくれてたんでしょ？」

「あれ、知ってたんだ……」

「アタシらだけで許可を取れるほど簡単だとは思ってなかったよ。協力してくれるなら、マカ様でしょ」

「まあね……」

真香《まか》先生は自分が裏で動いてたのをあまり明かしたくないらしいけど、今さら否定したってしょうがない。

「でも、真香先生、ずいぶん普通だったね……先生だってファイヤストームに乗り気だったのに」

「そりゃそうでしょ。マカ様は先生なんだよ。学校の判断をアタシらに伝えるのが仕事であって、そこに私情を挟むわけにはいかないっしょ」

「そうだけど……」

僕はどうしても納得がいかない。

真香先生と教頭先生が言ったように、僕ら生徒側にはなんの落ち度もない。

パトロールが甘かったと言われたらそうかもしれないけど、学校の隅から隅まで見張れと言われても無理な相談だ。

「つーか、ファイヤストーム中止で後夜祭はプログラムも変更でしょ。スタッフ、忙しくなるんじゃない？　マコ、こんなとこにいていいの？」

「僕は臨時スタッフだからね。いなくても文句は言われないよ」

本当はダメだろう。臨時だろうが、もう頭数《あたまかず》に入ってるんだから。

でも、今の詩夜ちゃんを一人にするくらいなら、他のスタッフに恨まれるほうを選ぶ。

わかってるよ、詩夜ちゃん。切り替える？　真香先生の態度はしょうがない？

僕のお姉《ねえ》さんは、そんなに物わかりよくないよね？

「詩夜ちゃん。誰も見てないし、気にしないでいいよ」

「……うん」

詩夜ちゃんは、がっくりとうなだれたかと思うと――

がばっと顔を上げ、机から下りて、いきなりガァンとその机を蹴飛ばした。

おー、バイオレンスバイオレンス。人様には見せられない。

「なんでよりによって、こんなときに火事！　強風とか水漏れならまだよかったのに！　よくないけど、火事だけは起きてほしくなかった！」

「うん、本当に最悪のタイミングだったね……」

ファイヤストーム復活を少しばかり強引に押し通したので、元から危うさはあった。

開催前に問題が起きれば、即中止になってもおかしくなかった。

その問題が本当に起きて——しかも、それが火事というのが最悪だ。

中庭でゴミ箱が燃えたことと、グラウンドでやるファイヤストームはまったく関係ないのに。

それでも、火事を起こしたあとで火を使うイベントはやりづらい。

理屈に合っていなくても、世の中とはそういうもの。

高校生にもなれば、納得して呑《の》み込《こ》むしかない——けど。

「……事情はわかる。わかるけど……納得はできないよ。詩夜《しや》ちゃん、もっと暴れてもいいよ」

「生意気……マコ、いつの間にアタシを慰められるようになったの？」

詩夜ちゃんが苦笑いして、僕の肩を拳で軽くつついてくる。

「あー、ダメだ。立場が逆転してちゃダメだね。キツいのは現役のマコたちなのに。アタシが、マコたちのためになにかしなくちゃ」

「僕らのことはいいんだよ」

来年だってあるんだから。三年生にはキツいだろうけど……。

それよりも——たぶん詩夜ちゃんが高等部の文化祭に関われるのは今年だけ。

今年を逃せば、詩夜ちゃんが高等部時代に失ったものを取り戻すチャンスは——二度とない。

「今日は後夜祭でミスコンもあるし、本来アタシはそっちがメインだからね。マコも投票しなさいよ。ていうか、誰に入れんの～？」

「高等部の生徒じゃなくてもいいんでしょ。じゃあ、詩夜ちゃんでもいいんだよね」

「身内に入れるとか一番つまんないパターンよ。アタシとハルはダメでしょ。教師はダメだからマカ様もアウトだしね」

「そういえば去年、急に教師は対象外になったって聞いたような……」

「先輩から聞いた話によると、マカ様に票が集まりすぎたから急遽《きゆうきよ》教師はアウトになったらしいよ。教師が大差で勝っちゃうといろいろ問題がね」

「そりゃそうか……」

と頷《うなず》きつつも——そんな話はどうでもいい。

ミスコンは僕も気にはなるけど、今はそれどころじゃない。

たぶんカレン先輩と縫《ぬい》の一騎討ちだろうし、新会長の縁里《えんり》と副会長の美春《みはる》、あとは密《ひそ》かに人気が高い天華《てんか》さんあたりが対抗馬じゃないかな。

なんだかんだで、外部の人間がミス聖華台《せいかだい》に選ばれるのは難しいだろうしね。

それよりも——問題はファイヤストームだ。

「ちょっと、マコ。あんた、変なこと考えてないよね？」

「変なことは考えてないけど、なんだろうね、この気持ちは……」

「あんた、もしかして……」

詩夜《しや》ちゃんが不安そうに僕の顔を覗《のぞ》き込んできてる。

僕が詩夜ちゃんの気持ちをわかるように、こっちの考えてることもバレバレだ。

今まで、僕は詩夜ちゃんに守ってもらってきた。

コーコ先生にフラれたとき、カレン先輩の中学の先生と揉《も》めたとき、詩夜ちゃんは僕のために暴れていた。

暴れるのはどうかとは思うけど、まだ詩夜ちゃんも子供だったから手段を選べなかったんじゃないかな。

立場の逆転もどうでもいい。

僕はたぶん——怒ってる。

自分で言うのもなんだけど、珍しく怒ってる。

真香《まか》先生が事故を起こしたときも、ちょっと怒ったけど——あのときとも違う。

僕は心から怒ってる。なにに対して？

もちろん、詩夜ちゃんのファイヤストームを潰した人たちに対してだ。

そこに真香先生が含まれるのなら――あの人を僕は許さない。


彩木《さいぎ》慎《まこと》、文化祭二日目のスケジュール。

朝八時から文化祭スタッフのミーティング（七時に前倒し）。

八時四十分からクラスのＨＲ《ホームルーム》。

午前中は、九時から文化祭臨時スタッフの見回りをして、そのあとはくー・瀬紀屋《せきや》さんと一緒に遊ぶ。

もちろん午後のメインは『家族（略）』の第二回上演。

今回は縫《ぬい》も出演して予定どおりに上演できるはずだ。

劇は二十分で終了、それから十五時まで後片付け。

後片付けの合間に、また見回りの予定が入ってる。

文化祭は十六時で終了。スタッフは後夜祭の準備に入り、十八時には後夜祭スタート。

なかなかのハードスケジュールだ。

いや、ハードになる予定だった。

このスケジュールは、これからどうなるか予想がつかない。

「失礼します！」

がらりと職員室のドアを開けて室内へ入る。

「うわ、彩木《さいぎ》だ」

「なんかやべぇ目をしてるぞ」

「私、中等部時代の彼を知ってます。あの頃の彼が帰ってきました……！」

顔を見せただけでこの騒ぎ。

聖華台《せいかだい》の先生方は、ちょっと生徒に過剰反応しすぎじゃないだろうか。

「真香《まか》せ――藤城《ふじき》先生はいらっしゃいますか？」

今はテスト期間中でもないので、生徒の職員室への出入りは禁じられてない。

目当ての先生のところに勝手に行けばいいんだけど――あえて他の先生たちにも聞こえるように言った。

とにかく、今は黙っていられない気分だった。

「おーおー、殴り込みかなー、さいっぎーよ。私は白衣着てるけど、ケガしても手当てはできないよー？」

近づいてきたひより先生が軽口を叩《たた》いている割に、本気で困った顔をしている。

ひより先生は、僕をじっと見てから、ふいっと視線を逸《そ》らした。

その視線の先――職員室奥の教頭先生のところに、目当ての真香先生の姿があった。

「藤城先生、ちょっといいでしょうか。お話があります」

真香先生にこんな他人行儀な言葉遣いをしたのはいつ以来だろう。

いや、普段も教室では他の教師への言葉遣いと大差ないんだけど、今日は——どうしても声が硬くなってしまう。

「彩木くん、もうすぐＨＲ《ホームルーム》よ。話があるのはわかったから、ひとまず教室に戻りなさい」

真香先生が教頭先生となにか話してから、こっちに歩いてくる。

「少しでもいいですから、お話しさせてください。急がなくちゃいけないんです」

「……なんの話なのかはわかってるわ。その話をしていたら、ＨＲに間に合わないでしょう……すみません、恋紅《れんく》先生。ウチのＨＲ、代わっていただけますか」

「しょうがないなー。出席簿、借りていくよー」

ひより先生が、真香先生の肩をぽんと叩いてから出席簿を回収しに行く。

「あ、まかまかー」

「なんですか、恋紅先生」

「あんまりムキにならないようにねー。君は高等部の生徒じゃないんだよー」

「……わかってます」

今度こそ、去って行くひより先生。

今の忠告？はなんだろう。ムキになりそうなのは、僕のほうじゃないのか。

「彩木くん」

「はい」

「職員室では話がしづらいでしょう。生徒指導室に行きましょう」

「わかりました」

生徒指導室か――

思えば、真香《まか》先生とのいろいろが始まったのはあの狭い部屋だった。

なんとなく因縁めいてるけど、場所なんかどこでもいい。


「まあ、座りなさい、彩木《さいぎ》くん」

真香先生にすすめられるままに、指導室の椅子に座る。

その先生のほうは立ったまま、窓際にもたれるようにしてる。

「今日はわたしも君も忙しいでしょう。手早く済ませたいところね。一応、君の口から用件を聞いておこうかしら」

「もちろんファイヤストームの件です」

僕は真香先生を見つめながら、きっぱりと言う。

「中止になった理由はわかりました。でも、納得できません。火事を起こしたのは僕ら生徒じゃないし、そもそも中庭の火事とファイヤストームなんてなんの関係もありません」

「そんなことは、わたしたち教師も充分わかってるわ。でも、それを紐付《ひも》けてしまう人はいるの。おそらく、ファイヤストームを強行したところでなにも起きないでしょう。クレームを入れてきた人から、またクレームが来る程度だと思うわ。もしかすると、保護者からも問題にされるかもしれない。なんにしても、大事《おおごと》にはならないでしょう」

「わかっていても、中止は覆《くつがえ》らないんですか」

「覆らないわね。むしろ、もう今後もファイヤストームの復活は絶望的になったと言っていいわ」

「そこまで……」

中止からの復活、また中止。

学校側には、余計なトラブルが起きやすいイベントとして記憶されてしまったかもしれない。

特にウチは私立校、それもけっこう裕福な家の子が多い——となれば、保護者へのウケは常に気にするし、経営上のリスクも背負いたくないんだろう。

今時は、わずかなクレームで企業の企画だか案件だかがあっさり潰れているケースをネットでよく見かける。

子供が通う学校っていうデリケートさが要求される場所では、特にクレームを気にするのも当然だろう。

ただ――理屈ではわかってても、感情で納得できない。

「ちっとも納得できないって顔ね。さっき、誰かがおっしゃってたけど、昔の彩木《さいぎ》くんが戻ってきたみたいだわ」

「先生に反抗してるんじゃないんです、学校の決定に納得できないんです」

「今回の場合、大差ないわ。教師だって筋が通ってないとは思ってるでしょう」

「教師一同の意見がそうだとして。真香《まか》先生は――どう思ってるんですか？」

「君が忘れるのも無理はないけど、わたしだって教師の一人よ。しかもまだ二年目のペーペーで、学校の方針に口を出せる立場じゃないの」

「カレン先輩の金髪事件のときは、学校の方針に口を出してませんでしたか？」

「あれは校内で完結してる事件だったからよ。生徒会長が金髪にしたって、保護者やご近所はクレームをつけてこないわ」

「今回のことだって、学校内の話ですよ。グラウンドのど真ん中で火をおこしたって、他の誰の迷惑にもなりません」

「そんなことは最初からわかりきってるわ。でもそうね、建前で話すのはやめましょう。彩木くんは京御《けいみ》さんのためにファイヤストーム中止を覆《くつがえ》したいのね？」

「詩夜《しゃ》ちゃんのためだけとは言いませんよ。ファイヤストーム復活のために署名してくれたみんな、生徒会や文実《ぶんじつ》のみんなのためにもです」

「ふうん……彩木くん、いつの間にか変わったものね」

「変わった？」

「元々、みんなのために動くようなタイプではなかったでしょう。天無《あまなし》さんや無垢《むく》さん、陣所《じんしょ》さんに美春《みはる》さん、親しい人たちのためなら無茶《むちゃ》もしていたようだけど」

「……別に嘘《うそ》を言ってるわけじゃないですよ」

本当に、文化祭を——後夜祭のファイヤストームを楽しみにしてる人たちのために、ここに来たんだ。

生徒会や文実のみんな、それに詩夜ちゃんがファイヤストーム復活のために頑張ったこともよく知ってる。

努力がすべて報われるなんて思うほど世の中を甘く見てはいない。

でも、理不尽な理由で努力を台無しにされて、黙っていられるほど達観してもいない。

「責めてるんじゃない、褒めてるのよ。君は軍師を気取ってるけど、実はリーダータイプなんじゃないかしら。不思議と周りに人が集まるしね。特に可愛《かわい》い女の子が！」

「急にいつもの真香先生に戻らないでください……」

どさくさにまぎれて不満をぶつけられても。

「軍師でもないですし、リーダーシップなんてないですよ。そんなのあったら、一人でノコノコ来てませんよ」

「さっき、会議室で京御《けいみ》さんと一緒だったでしょう。彼女はどうしたの？」

「置いてきました。詩夜《しや》ちゃんはファイヤストームに思い入れが強すぎて、冷静な話し合いができそうにないので」

「……彩木《さいぎ》くんもあまり冷静には見えないわよ？」

「僕は落ち着いてますよ。真香《まか》先生にも普通に話してるじゃないですか」

「普通、ね……子供がふてくされているようにしか見えないわよ？」

「…………」

一瞬、頭に血が昇りそうになってしまった。

真香先生に、可愛《かわい》いとか子供扱いされることは何度もあったのに、今回に限ってどうにも気に障《さわ》ったというか。

「もしかして、わたしは違うと思ってた？　特別扱いしてもらえると思ってた？　確かにわたしは、君のことが好きよ。でも、それはそれ、これはこれ。君のカノジョ先生としてならどんな願いだって受け入れるけれど、ただの教師としてはできることに限りがあるの。厳しいだけの教師は最低だけど、優しいだけでも生徒を育てられないのよ」

「優しさを要求してるんじゃないです、筋が通ってないんですよ！」

「そんなもの、社会にはいくらでもあるわ。彩木くんたち学生はまだ社会の厳しさに触れる必要はないけれど、文化祭は外からお客さんも迎える以上、学校の外に半分足を踏み出してるの」

「だから、学校に守られることを期待せずに、自分のミスでなくても理不尽な話を受け入れろっていうんですか？」

「……意地悪な言い方ね」

真香先生は、困ったように笑う。

詩夜ちゃんやカレン先輩とも違う、大人《おとな》ならではの——苦い笑みだった。

「話は終わりよ、彩木くん」

「え？」

なんなんだ、唐突に……。

「君が今言ったとおりだと思ってくれていいわ。どっちみち、ファイヤストームの自粛は決定よ。彩木くんどころか、新望《しんぼう》さんが要望を出しても検討すらされない。君はもう教室に戻りなさい」

「待ってください、真香先生！　話は全然終わってませんよ！」

「終わったの。ああ、そうだ。わたし、二日目の劇は出ないわよ」

「え？　じゃあ魔法使いは誰が——」

「天華《てんか》が完璧に演じてたじゃない。昨日、わたしは必要以上に目立ってしまったわ。教師の特別出演サービスは一度で充分でしょう。文化祭は、生徒が表に出るべきよ」

「ちょ、ちょっと待ってください。ファイヤストーム中止の矢面に立って、劇も出ないなんて、まるで――」

嫌われ者を買って出てるみたいじゃないか。

しかも、真香《まか》先生は一歩も譲るつもりもなさそう――

「これ以上は議論の余地はないわ、彩木《さいぎ》くん。もう一度言うわ、教室に戻りなさい」

「真香先生っ……！」

僕は椅子を蹴るようにして立ち上がり、真香先生を思わず睨《にら》んでしまう。

最初にケンカ腰で来たのはこっちだったのに、返り討ちにあった気分だ。

いや、実際に返り討ちにあったのかもしれない……。

「言っておくけれど、君のいつもの手は無駄よ。暗躍して仲間を増やして、数の力で攻め込んでくるのは。今回は、大人《おとな》のメンツがかかってるの。子供が何人団結したって、大人の世界では象に立ち向かうアリの軍隊でしかないわ」

「……アリの意地を見せるのは得意なんですよ、僕は」

椅子を直してから、僕は真香先生に背中を向けて扉へ向かう。

コーコ先生の結婚以来、先生への反抗のキャリアだけは誰にも負けない。

今回も戦う――立ちはだかる敵が、僕のカノジョ先生だとしても。

「ちょ、ちょっとマコ！」

「あれ、詩夜《しや》ちゃん？」

僕が指導室を出て廊下を歩いていると、後ろから詩夜ちゃんが追いかけてきた。

「大学の人たちと合流したんじゃ？　ミスコンの仕事、あるんでしょ？」

「うわぁ……こりゃダメだ」

「な、なにが？」

「詩夜お姉《ねえ》ちゃんをナメないように。マコの顔を見れば、なにを考えてるかくらい、わかるっつーの。朝の会議のときより悪化してんじゃん。あんた、めっちゃ怒ってるね」

「そうかな……」

自分では、まだ冷静さを保ててると思うんだけど。

真香《まか》先生との話し合いが決裂した今、僕が感情的になってはいけない。

いや、感情的になってたから真香先生もあれほど頑《かたく》なだったのかもしれない。

僕は、真香先生との関係を——このトラブルの解決に利用しようとしていたのか？

僕がお願いすれば、真香先生は協力してくれるって。

真香先生が僕を好きだという気持ちは、さすがに今さら疑ったりはしない。

だけど、真香先生が公私混同して僕らに手を貸してくれるかも——なんて、甘すぎた。

いや、甘えすぎてた――

「まだ希望はあるよ、詩夜ちゃん」

「え、希望って……？」

「ファイヤストームの準備自体は終わってる。丸太と薪《まき》、燃料、着火用の道具、消火用の道具も一通り準備できてるし、スタッフはリハーサルも済ませてる。許可さえ下りれば、予定通り午後から準備を始めて充分に間に合う」

「ま、待った待った、もしかしてマコ、本気でまだやるつもりなの？　そこまでファイヤストームにこだわらなくても……」

「ファイヤストームだからってわけじゃないよ、詩夜ちゃん。詩夜ちゃんが高等部時代にやり残して、僕らが引き継いでみんなで復活させたイベントだから。学校の圧力なんかに負けられないよ」

「いや、だからまずいって！」

詩夜ちゃんが僕の腕をがしっと掴《つか》んで引き留めてくる。

「それ、マコがずっとやってた先生への反抗とはレベルが違う話になるから！　学校への反逆になっちゃうって！　カレンちゃんみたいな優等生じゃなくてもヤバいって！」

「カレン生徒会長の金髪事件ほどの騒ぎにはならないよ。みんな、僕の反抗には慣れてるしね」

「慣れの問題じゃないよ！　あんた、過去にいろいろやらかしてるんだから、そろそろ停学くらってもおかしくない！　それ、シャレになってないから！」

「シャレになってないのは、学校のほうだよ。理由になってない理由で、みんなで頑張って復活させて、みんなが楽しみにしてたイベントを潰すっていうんだからね」

一歩も譲るつもりはない。

ああ、久しぶりの反抗に心が躍《おど》ってる——いや、違うかな。

「……マカ様と話してきたんだよね？　もしかして、相手がマカ様だから？　マコ、マカ様に裏切られたと思って、ムキになってるんじゃないの？」

「コーコ先生のときとは違うよ。僕だってもう幼稚園児じゃないんだから」

本当にそうだろうか？

手足が多少伸びても、僕のメンタルはあの頃とたいして変わってないかもしれない。

真香《まか》先生からの〝教育〟をあれだけ受けたというのに。

「じゃあ、その幼稚園児じゃない彩木《さいぎ》慎《まこと》くんはどこへ行く気？」

「学院長先生のところ。真香先生はただの窓口なんだから、本丸を攻めないと」

「だぁーっ！　それ考えられる限り一番まずいヤツ！　あんたどころか、担任のマカ様の立場までヤバくなるっしょ！」

「僕らの企画を潰したんだから、真香先生も巻き添えくらいくらってもしょうがないよ」

「ええぇ……やべー、ウチの弟がマジでやべー。幼稚園児のメンタルのまま、高校生の行動力がついちゃってるよ」

人から見ても、僕のメンタルは幼稚園児と同じか。

でも、真香先生はどこから攻めても突破口が見えない。だったら――

「テストと同じだよ。詩夜《しや》ちゃんだって、僕が解けもしない問題といつまでも格闘してたら、わかる問題から解けって言うでしょ？　真香先生がダメなら、次に――」

「カテキョの仕事とは全然違うから！　ああもう、いいからこっちに来なさい！」

詩夜ちゃんが、僕の腕を掴《つか》んだままぐいぐいと引っ張っていく。

まさか振り払うわけにもいかず、そのまま連れて行かれて――

「ここでいいか、先生の邪魔も入らないだろうし」

「いいかって……生徒会室なんだけど？」

連れ込まれた生徒会室には、縁里《えんり》や美春《みはる》たち役員の姿は見当たらない。

確か生徒会役員共は、朝のHR《ホームルーム》後は第三会議室に直行だったっけ。

「生徒会OGなんだから、アタシの部屋も同然よ。新会長にも文句は言わせない」

「横暴だなあ。僕を危なっかしいみたいに言うけど、絶対に詩夜ちゃんのほうが強引だと思う……」

「黙りなさい。久しぶりにお姉《ねえ》ちゃんモードよ。今のあんたには、SID《シド》の詩夜じゃ言うこと聞かせられそうにないから」

詩夜《しや》ちゃんは僕の肩を掴《つか》んで、ぐいっと近くの椅子に座らせてくる。

「マコがムキになるのはわかるけど、マカ様とケンカしてまでファイヤストームを押し通すことはないでしょ！　ちょっと落ち着きなさい！」

「いや、今興奮してるのは詩夜ちゃんでしょ。僕は冷静に次の手を考えてるよ。どうやれば、ファイヤストーム中止を覆《くつがえ》して真香《まか》先生を悔しがらせられるか……」

「ちょっと、本音！　最後に本音が出てる！　やっぱりマカ様に逆襲しようとしてんでしょ、あんた！」

「……だって、今回の真香先生のやり方は全然納得いかないよ」

「やっと白状したね。マカ様のやり方というより、ただ学校の決定を伝えて、生徒からのクレーム処理も任されてるだけでしょ」

「要するに真香先生が僕らの敵ってことだよ。教頭先生あたりの指示だろうけど、ある意味一番厄介な相手だからね。普段、フレンドリーを気取ってるような先生なら生徒の人気ほしさに折れそうだけど……なんせ、高嶺《たかね》の花《はな》だからなあ。他の生徒を味方につけても、真香先生相手じゃみんな怯《ひる》みそう」

「あんた、性懲《しようこ》りもなく生徒を集めて数の力で押そうとしてんの？」

「真香先生はいくら生徒が団結しても無駄だって言ってたよ。でも、たとえば全校生徒の半分から反対意見が出れば、学校側だって無視できないでしょ」

と、言ったところでＬＩＮＥが着信。

「美春《みはる》からだ。えーと、『えんちゃん会長がまだゴネてるけど、文実《ぶんじつ》は既に美春の傀儡《かいらい》だそうだよ」

「恐ろしい……アタシの弟も妹もとんでもないバケモノに育ったぜ……」

「詩夜ちゃんまで縫《ぬい》口調に汚染されないでくれる？」

まあ、詩夜ちゃんは元から縫とちょっとキャラかぶってるけどね。

「さすが僕の妹、既に動いてくれてたみたいだ。あとは縫の信者の男子のみなさんにも協力をお願いして、あとはカレン先輩を今度こそ動かせば……」

「だぁーっ、だからグイグイ話を進めるんじゃないの！　どうあっても、マカ様と戦う気なの、マコは⁉」

「詩夜ちゃんはどうなの？」

「………」

僕の反撃に、詩夜ちゃんは黙り込んでしまう。

いや、訊《き》くまでもなく詩夜ちゃんの気持ちはわかってる。

自分が現役副会長だったときにファイヤストームを潰されて、今回ようやく復活できたんだ。たぶん誰よりも楽しみにしてたのが詩夜ちゃんだろう。

大人《おとな》ぶって、お姉《ねえ》さんぶって、僕に説教なんかしてるけど——本当なら、真っ先に真香《まか》先生にぶつかっていってもおかしくないのに。

詩夜《しや》ちゃんは、少し黙ってから——さっと前髪を払い、口を開いた。

「アタシはもう高校生じゃない。文化祭の手伝いに来てても、高等部では部外者だよ。それに、アタシは自分の失敗のツケをマコたちに背負わせちゃったんだよ」

「そうかもしれない。ファイヤストームを潰されたのが詩夜ちゃんの代の生徒会じゃなかったら、復活させようなんて思わなかった。でももうこれは僕らのイベントなんだ。美春《みはる》だって縁里《えんり》だって、自分たちのためにイベントを成功させようとしてるんだよ」

「わかってるけど、こんなことで揉《も》めて文化祭を楽しめなくなったら本末転倒だって！　ファイヤストームをやらなくても文化祭を盛り上げられるんだから！」

「僕は——」

ふと、思い出す。

この学校に忘れ物をしたと語ったあの人の顔を。

僕はあの人にも詩夜ちゃんにも、後悔を抱えたままでいてほしくない。

すべての後悔を消すことなんて無理だってわかってる。

でも、僕の手の届く範囲で、僕の大事な人たちが後悔を消して、忘れ物を取り戻すことができるなら——

「………ん？　詩夜ちゃん、なんか聞こえない？」

「え？　なにかって……ああ、聞こえるね。まだ開場してないのに、なにかな？」

わーっ、と生徒の歓声らしき音が遠くから聞こえてくる。

なんだろう、開場前のサプライズイベントなんて予定にないけど。

「ん？　またＬＩＮＥだ。今度は……あれ、縫《ぬい》だ」

メッセージを読むと——

「『真香ティーが追い回されてる！　よくわからんけど、あたしも参加する！』……こらこら、よくわからないところに近づかないように！」

「マカ様が追い回されてるって、なんで？　そりゃ、アタシもできることならマカ様を二十四時間つけ回して生活の一部始終を知りたいところだけど」

「僕、そういう人をなんていうか知ってるなあ……」

幼なじみのお姉さんが前科一犯になるのを黙って見てられないね。

「まずいわ、まずいわっ！」

ドン、と生徒会室の扉が開いて——噂《うわさ》の人が飛び込んできた。

「……なにしてるんです、真香先生？」

「さ、彩木《さいぎ》くん、京御《けいみ》さん!?　あ、あなたたち、こんなところで二人きりでなにを！」

「マカ様をどうやって排除するか企《くわだ》ててました。すみません」

「なっ……！　さっきのアレでいきなり排除まで話が飛ぶの!?　彩木《さいぎ》くん、あなた冷酷すぎないかしら！」

「間違いではないですが、詩夜《しや》ちゃんの言い方に問題があることは知っておいてほしいですね……それで、先生こそどうしたんです？」

「そ、それは……」

学校ではいつも無駄に毅然《きぜん》としている真香《まか》先生が、妙にうろたえている。

「その、ファイヤストーム中止を聞きつけた生徒たちが、わたしに助けを求めてきてて。わたしは中止を言い渡す立場なのに、変な展開になってるわ……」

「真香先生にクレームじゃなくて、ヘルプを求めてる……？　僕、そんな作戦を立てた覚えはないのに」

「え、今回は彩木くんが黒幕じゃないの？」

「マコは学院長室に特攻しようとしてました」

「それ、考えられる限り一番まずいヤツよ！　なんてことを企《たくら》んでるの、彩木くん！　まだ生徒たちをわたしにぶつけてくるほうがマシだわ！」

「大丈夫です、アタシが身体《からだ》を張って止めました」

「身体を……まあ、いいわ。よくやってくれたわ、京御《けいみ》さん」

「きょ、恐縮であります！」

おいおい、将軍に褒められた新兵みたいになってるよ。

しかし、大人《おとな》女性の敬礼って可愛《かわい》いな。

「それより、真香先生、どうなってるんですか？　縫《ぬい》も先生を追いかけに行ったみたいですけど」

「天無《あまなし》さんが参加すると、芋づる式に増えちゃうじゃないの……なにを誤解したのか、わたしに直訴《じきそ》してファイヤストームを実行させようとしてるのよね」

「そうですよね、誤解ですよね。真香先生は体制側ですもんね」

「……そうよ。わたしは、君たちの甘ったれたお願いを容赦なく却下する側よ。みんな、勘違いはやめてほしいわね。最近、甘やかしすぎたかしら」

甘やかしたかどうかはともかく、真香先生のイメージが最近大きく変わったのは確かだろう。

陣所《じんしょ》カレン金髪事件では学校側に立ち向かい、見知らぬ高校生たちを交通事故から救ってニュースになり、体育祭では制服姿で登場、さらに昨日の劇での大活躍。

そりゃ、生徒たちも真香先生に親近感を持つだろうな。

楽しみにしていたイベントが中止になったときに、真っ先に頼ってしまうほどに。

僕だって、本当なら誰よりも先に――

「まったくですよ、みんな勘違いしすぎです！　でも、僕だけはわかってますからね。真香先生、絶対にファイヤストームは決行します！　僕と詩夜《しや》ちゃんのコンビを甘く見ないでほしいですね！」

「さりげにアタシ巻き込まれた!?」

「そう……とうとう、二人とも宣戦布告ってわけね」

「マカ様、話聞いてました!?　アタシはマコを止めてる側なんですよ！」

「それは京御《けいみ》さんがお姉《ねえ》さんぶって本心を隠してるだけでしょう」

「…………っ」

　ズバリ言い当てられて、詩夜ちゃんは言葉を失ってしまう。

　まあ、誰が見てもわかることだけど……尊敬してる真香《まか》先生に言われるとこたえるよね。

「ふう……適当に逃げ回ってたつもりなのに、ここに逃げ込んじゃうなんてね。英語科準備室がわたしの城なのに」

　真香先生はため息をつくと、会長の机へと歩み寄っていった。

「もう七年も経《た》ってるのに、会長の席も変わらないのよね。わたしが座ってた頃とほとんど同じだわ」

　ノートPCと書類が載っているゴチャついた机の上を、真香先生はそっと撫《な》でてる。

「ここに座ってたあの頃――本当はわたし、ファイヤストームなんてやりたくなかったのよ。なんでそんな面倒くさいことをやらないといけないのか、そもそもグラウンドで火をつけて踊ったからってなにが楽しいのかと不思議でしょうがなかったわ」

「ずいぶんドライな高校生ですね……」

僕もウェーイ系からはほど遠いけど、ファイヤストームと言われたらテンション上がるのに。

「この席に座って、議論を戦わせてたものよ。文化祭を盛り上げたい風花《ふうか》先生と、いつもどおりにやれば充分だというわたしとね」

「……先生はファイヤストームに反対だったんですか」

僕は驚いて、詩夜ちゃんと顔を見合わせてしまう。

当時のファイヤストームの企画書を見る限り、生徒会長の藤城《ふじき》真香さん主導で進んだようだったから。

「書類上はわたしが進めてたわよ。文化祭のプログラムは生徒主導が原則だもの。でも、わたしは火を使うイベントはトラブルも起こりかねないし、本当のことを言えば反対だったわ。他の役員たちには言わなかったけど、風花先生にだけは見抜かれたのよね。ぼーっとしてるくせに鋭い人だったわ」

「マコみたいですね」

「本当、彩木《さいぎ》くんにちょっと似てるかも。変なところだけ鋭いのよ」

真面目《まじめ》な会話の中で、普通にディスられてる……。

「風花《ふうか》先生は、わたしの本心を見抜いた上で言ってきたのよ――もっと文化祭を楽しみなさいってね」

「余計な世話を焼く先生だったんですね」

「まあ、彩木《さいぎ》くんならそういう感想よね……普通は、いい先生とかそういう感想が出てこないかしら」

「あまり僕に多くを期待されても」

一般的には、風花先生はいい先生なんだろう。

面倒くさいと思ってしまうのは、僕がまだ教師嫌いの片鱗《へんりん》を残してるせいかな。

「正直、面倒としか思わなかったのだけど……押し切られてしまったわ。気がつけば、絶対やりたくなかったファイヤストームの企画を通しちゃってた。今と逆ね。先生がファイヤストームをやろうって言い出して、生徒のわたしが拒否してて――でも結果的にイベントは大成功。わたしの評判もさらに上がったのよ」

「……なんか、真香《まか》先生がいいように風花先生に踊らされたような……」

「まったくだわ。わたしが唯一勝てなかったのが風花先生なのかもね。あの人には……ひどい勝ち逃げをされたわ」

真香先生は、ふっと遠くを見るような目をした。

フィアットを譲ってくれた真香先生の恩師はもう亡くなってる。

かつて先生から聞いた話をまた思い出す。

風花先生はやっぱり、もうこの世の人じゃないんだなあ……。

「でも、また同じことを繰り返すことになるとはね。しかもファイヤストームを阻止する側になるなんて。もう風花先生はいないんだから、押し切られることはないけどね」

「……僕はまだ、あきらめたなんて言ってませんよ」

「あきらめなさい。やっぱり、あなたたちはまだ子供なの。あれでも一応大人《おとな》だった風花先生とは違うのよ。もうあきらめて、今の文化祭で満足しなさい」

「マカ様――いえ、藤城《ふじき》先生！　もうやめてください！」

「…………っ！」

突然――しばらく黙ってた詩夜《しや》ちゃんが、真香先生に詰め寄っていた。

「マコたちの気持ちをわかってるのに、わからないフリをしないでください！　大人の都合だけで、この子たちがつくれたはずの思い出を奪わないであげてください！」

「そんな言葉にはなんの意味もないわ。学校と外部のクレーマー……いえ、近所の方々を納得させる材料を持ってきなさい」

「…………っ、そんなの……！」

詩夜ちゃんは言葉に詰まってしまう。

援護射撃したくても、そんな材料があればとっくに持ち出してる。

「大勢で押しかけようが、感動的な台詞《せりふ》が飛び出そうが、そんなことは学校には関係ないの。京御《けいみ》さん、あなたは大人《おとな》なんだからわかるはずよ」

「だからって、アタシだってあきらめられません……！」

「話にならないわ」

真香《まか》先生は、ふぁさっと髪を後ろに払って生徒会室の扉へ向かう。

ダメだ、ここで先生を説得できなかったら、ファイヤストームの開催は絶望的だ。

「聖華台《せいかだい》の大学生は情けないわ。ほとんどが高等部時代の優等生で、生徒会か文実《ぶんじつ》の経験者――なのに、この程度のトラブルも乗り越えられないなんてね」

「…………っ！」

なんだ、真香先生が意味ありげに詩夜《しや》ちゃんを見て――詩夜ちゃんもなにか驚いているような。

「わたしは、外部の大学に進んで正解だったわね」

「ま、真香先生！　ちょっと言いすぎ――」

「……待った、マコ」

僕が真香先生に迫ろうとして、がしっと詩夜ちゃんに肩を掴《つか》まれた。

そちらを振り向くと、詩夜ちゃんはスマホを取り出してなにやらぽちぽち操作してる。

「藤城《ふじき》先生――いえ、マカ様！　ありがとうございます！」

「お礼を言われる覚えはないわ。それと、様付けじゃないほうがありがたいわね」

真香先生はそれだけ言うと、いつものようにモデルばりの華麗なウォークで生徒会室を出て行った。

「ちょっと、詩夜ちゃん！　真香先生を行かせちゃったら――」

「もういいのよ。マカ様は充分すぎるほどヒントをくれたから」

「へ？　ヒントって……？」

「マカ様は、最高の教師ね。答えを教えるんじゃなくて、ヒントをくれたんだよ」

よくわからないことを言いつつ、詩夜ちゃんはスマホの操作を続けてる。

「……さっきからなにしてんの、詩夜ちゃん？」

「最初に言わなかったっけ。大学から来てる手伝いは一、二年がメインだって」

「言ってたっけ。みなさん先輩だから、大学生の学年は気にしてないなあ」

「だろうね。三年はここにはいないけど――大学には来てる。エスカレーター校の強みだね。アタシの前の学年なら、経験があるってことでしょ」

「経験……ああ、ファイヤストームの？」

「そうだよ、三年は実際にファイヤストームを何事もなく実行した経験者たちなんだよ。マカ様たちがファイヤストームを始めて、それから四回は実行されてるんだからね」

「その人たちに協力してもらうの？　でも、いきなり言っても来てくれるかなあ」

「ヘルプに来てる人たちは、上の世代の元生徒会とか元文実《ぶんじつ》と接点があると思う。連絡がつく限り当時の生徒会と文実のスタッフを呼んでもらう」

「ええぇ……急に連絡つくの？　高等部に来てもらわなきゃいけないだろうし」

「言ったでしょ、文化祭スタッフは大学で真面目《まじめ》に勉強してるタイプが多いって。今日も大学にいる可能性が高い。大学は目と鼻の先なんだよ」

「あ、そうか……」

ファイヤストームは後夜祭のプログラムだから、大学の授業も終わったあとだ。

もちろん用がある人も多いだろうけど、数人でも捕まえられれば――

大学三年生は学生だけど社会的には成人だし、ファイヤストームの経験者。

僕ら高校生や経験がない大学二年生以下よりも、信用を得やすい――はず。

「ははは、大学デビューしといてよかったよ。高等部時代は副会長なんかやってた割に陰キャで交友範囲狭かったからね。今は陽キャになったおかげで、人脈が思いもつかないところまで繋《つな》がってんだよね」

「大学デビューも悪くないね。僕もやってみようか」

「マコがイメチェンしても、反抗期を引きずってるとしか思われないんじゃないの？」

「ひどっ⁉」

僕は反抗期だから先生方に逆らってたんじゃないよ。

幼稚園の頃からの筋金入りだよ。

でも——詩夜《しや》ちゃんが自分を変えたからこそ、今回の件でも希望が持てるんだ。

「ああっと、急がないと。詩夜ちゃん、お願いするなら電話でアポを取ってから直接会いに行かないと。僕が行くよ、正式な文化祭スタッフってことで美春《みはる》も一緒に」

「もちろんアタシも行く！　まずは先輩に連絡を取るから、マコはハルのとこに行って、生徒会にも話を通しといて！」

「うん、詩夜ちゃんも来てくれると助かる。あ、縫《ぬい》には真香《まか》先生を追っといてもらおう。生徒からの直訴《じきそ》も効果がゼロってことはないだろうしね」

「さすがマコ、悪辣《あくらつ》だね。最高のパスを出してくれた人すらも利用していくスタイルよ」

「パスはパス、逆襲は逆襲だから。じゃあ、美春のトコに行ってくるね」

「マコ！」

と、駆け出そうとしたところで後ろから詩夜ちゃんに抱きつかれる。

その上、撫《な》で撫《な》でと子供みたいに頭を撫で回されてしまう。

「し、詩夜ちゃん？」

「マコはいつまで経《た》っても小さくて可愛《かわい》い弟だと思ってたんだけどな。いつの間にか、頼れるようになったんだね」

「……僕は詩夜ちゃんを手伝うだけだよ」

「マコがアタシのためにファイヤストームを復活させようとしたから、今があるんだよ。今さらだけど……ホントにありがとね、マコ」

「僕も楽しんでるんだよ。ただ、子供じゃないんだから頭を撫《な》でるのはやめない？」

「なにー、照れちゃって。やっぱりマコは可愛《かわい》いなあ、もう」

今度は、がしがしと痛いくらいに頭を撫でてくる。

あー、思い出す。意地悪なお姉《ねえ》さんは僕を困らせて——でも、最後はこうやっていつも荒っぽく頭を撫でてくれたっけ。

「いいから、先に行ってくるよ」

「はーい、行ってらっしゃいマコ。アタシもさっさと連絡済ませるから」

詩《し》夜《や》ちゃんに解放されて、生徒会室を出る。

ああ、めっちゃドキドキした……詩夜ちゃんだって昔から可愛いんだよ。

もうお互い子供じゃないんだから、気軽に抱きしめたりしないでほしいよね。

それに、僕は——

「で、可愛いマコちゃんはまた悪巧《わるだく》みするわけね。天無《あまなし》さんに人を追いかけさせて」

「……真《ま》香《か》先生、仕事に戻ったんじゃ？」

扉のすぐ横に、真香先生が腕組みして立っていた。

じろじろと僕を睨《にら》みつけてきてる。怖い。

「どうせ、わたしがいなくなったら悪巧《わるだく》みを始めるに決まってるもの。少しばかり立ち聞きさせてもらっただけよ」

「唆《そその》かしたのは真香《まか》先生のような……」

「……生徒の願いを鬼のようにはねつける教師でいたかったのに。あの人も、あきらめが悪かったのよ。君たちが風花《ふうか》先生を思い出させるから……余計なことを言っちゃったわ」

「真香先生……！　あ、やっぱ大学とはいえ外部の人にお願いに行くんで保護者がいたほうがいいですね。真香先生、お願いします」

「いきなり、そんなおねだりしてくるの⁉」

「大学でも、〝伝説の藤城《ふじき》先輩〟がいれば話は早いでしょうし」

「お願いじゃなくて利用する気満々じゃないの！」

「だったら、ひより先生にお願いしてみましょうか……大学に行くだけなら、教頭先生にお願いしてもワンチャンOKもらえるかもですね」

「彩木《さいぎ》くん、教師への恐怖心がゼロすぎるわ！　教頭先生はわたしたち教師でも気軽に頼み事をできる人じゃないのよ！」

そう言われても、僕は教師への反抗心はあっても恐怖心は持ち合わせないんだよね。

「し、仕方ないわ。でも、あくまでわたしは付き添うだけよ！　もし大学生に協力を取りつけられても、ファイヤストームが実行できるとは限らないわよ！」

「わかってますよ」

真香先生がまたツンデレみたいになってる。

とりあえず、さっきのケンカはなかったことになったらしい。

いつもどおり――いや、いつも以上に面白おかしい真香先生だ。

「なにをニヤニヤしてるの、彩木くん。あなた、今回の文化祭では問題大アリよ。文化祭が終わったら、これまで以上の〝再教育〟が必要そうね」

「えぇぇ……」

くっ、調子に乗って攻めすぎたか。

でも、文化祭を最大限楽しむには、このまま突っ走るしかない。

さあ、さっさとファイヤストームの件を終わらせて、文化祭二日目も楽しまなきゃね。


グラウンドの中央で、ゴオゴオと炎が派手に燃えている。

丸太を組んだ営火台《えいかだい》に火がつけられ、周囲で管理の生徒たちがしっかりと見張りにつき、不測の事態への対処もバッチリだ。

炎の周りには生徒たちが集まり、談笑しつつもどこか緊張感がみなぎっている。

それも当然のことで、このあと音楽が流れてダンスが始まる。

少なくない生徒が、日頃から憎からず思っているお相手を誘うチャンスを狙っているわけだ。

文化祭で上がりきったテンション、夜になっても学校に残っているという非日常感が普段は出せない勇気を振り絞らせてくれる。

そんな生徒たちから離れた、グラウンドの隅に彼女はいた。

まるで人目を避けるみたいに、自分はこの後夜祭では目立つべきではないと戒《いまし》めているかのように。

「こんなところじゃなくて、火のそばにいればいいのに。もっと盛り上がるよ」

「……ここで見守るのが私の仕事ですから」

僕が声をかけると、彼女は困ったように笑った。

紺色の長い髪を横で結んだサイドテールの髪型。

白いブレザーに、白のラインが入った黒いミニのプリーツスカート。

誰よりも目立つ美貌も、この薄闇の中では少しばかり見づらい。

「くー……いや、もう無垢《むく》って呼ばなきゃダメかな」

「あはは、くーでいいですよ。せんせーこそ、まだせんせーでいいですか?」

無垢――くーは、また苦笑して首を振った。

「もちろんせんせーでいいよ。他の呼び方をされると、傷つきそうだ。最近は美春《みはる》のこともさん付けで呼んでるみたいだね。あいつ、けっこう嫌がってるよ」

「人前だとおねーちゃんとは呼びづらいんですよ。でも、美春さんとも長いこと会ってません。LINEのやり取りくらいですね」

「美春は忙しいからなあ……僕でも連絡取りづらいくらいだよ。かごめとも会いたいんだけどね」

「あはは、私もかごめちゃんに会いたいですね。美春さんに可愛《かわい》がられて、いつもどおりふてぶてしく暮らしてるんですよね」

「ああ、かごめの性格だけは変わらないな。あ、でもくーだって忙しいんじゃないの」

「私なんて、そんな……」

くーは、恥ずかしそうに小さく手を振った。

「あの小さかったくーが、今や高等部の生徒会長だもんなあ」

「ファイヤストームが復活したのは、六年も前のことでしたっけ。私もあのとき、文化祭に来てましたよ」

「そりゃ覚えてるよ。あの文化祭は本当にいろいろあったからなあ」

「あれから六年も経《た》ったなんて信じられませんね。せんせーは……六年経ってもあまり変わりませんね？　スーツ、あまり似合ってませんよ？」

「ほっといて」

僕は、ぎゅっとネクタイを締め直す。

六年経《た》っても、残念ながら身長に変化はない。スーツに着られてるみたいだと、よく言われる。くっそー。

「あはは、私はもう美春《みはる》おねーちゃん……美春さんをとっくに超えましたけどね。中一のときでしたね……なつかしい」

「あのときは美春のスイーツやけ食いで、僕のサイフが多大な被害を受けたっけ……」

身長ではなくて、胸の話だ。

くーは身長も一六〇センチほどに伸びて、胸のサイズは伝説のグラドル天無縫《あまなしぬい》に匹敵するレベル。

「もう私もすっかり大人《おとな》ですよ、せんせー。でも、せんせーなら一緒にお風呂くらいは余裕でオッケーです♡」

「いやいや、僕こそ大人だからまずすぎるって！」

「私が中等部に上がったらもう一緒にお風呂入らなくなりましたもんね、せんせーは」

「当然でしょ……」

初等部のくーと一緒に入ってたのも若気の至りというか、僕もくーも揃《そろ》って天然だった

というか。

「私は本当にいいのに……だって、私は最後のＳＩＤメンバーですからね」

「ＳＩＤ《シド》か……久しぶりに聞いたよ、その名前」

カレン先輩が命名した、〝死んでもいいわ同盟〟、略してＳＩＤ。

あの組織は最後のメンバーが残ってることで、六年経《た》った今でも存続していたりする。

「そういえば、ＳＩＤのみんなが〝最後の戦い〟を挑んできたのもあの後夜祭だったっけ」

トラブルだらけだったけど、思い返せばあの年の文化祭は本当に楽しかった。

ファイヤストームの火を見つめながら——思い出す、あのなつかしい祭りの夜を。

Back to six years ago!

エピローグ Epilogue

月　日（　）日直

「というわけで！　今年の聖華台《せいかだい》学院高等部文化祭のミスコン優勝者は——どぅるるるるるるる、だだん！」

マイクを握った縫《ぬい》が、グラウンドに設置された台の上でドラムロールを口ずさみつつ、ぴょんと跳び上がった。

「聖華台初等部の神樹無垢《しんじゅむく》ちゃんです！　って、なんでやねーん！」

一人でぎゃーぎゃーと騒ぐ縫。よく一人であそこまでテンション上げられるなあ。

「ちなみに、くーたんはお子様なので後夜祭には参加していません！　ていうか、この学校、ロリの巣窟《そうくつ》かよ！　女性票も多かったとか、くーたんの魔性の魅力がすげーぜ！」

まあ、なぜか司会に抜擢《ばってき》されてる縫の話はともかく、くーがミスコンのグランプリとは。

くーは、一日目も二日目もフルで参加して校内をうろちょろしてたみたいだし、元から高等部によく遊びにきてるから名前も知られてたらしい。

「ちなみに、まなっしーは二位だったよ。かなり僅差《きんさ》だったね」

「あ、詩夜《しゃ》ちゃん。まあ、『家族（略）』は出し物の総合一位を獲《と》れたんだし、縫も満足でしょ。で、あっちはいいの？」

グラウンドの中央では、営火台《えいかだい》でゴオゴオと炎が燃え盛ってる。

多すぎだろってくらい、周りに大学の先輩方と教師陣が集まって、火を見張ってる。

あれくらいやらないと、外部からクレームがついたときに言い訳できないって判断らしい。しっかり見張ってまっせの証拠になる、写真や動画も絶賛撮影中。

協力してくれた大学三、四年の先輩たちからの提案だ。引き受けたからにはと責任を背負ってくれるらしい。本当に真面目《まじめ》な人たちで、ありがたい。

ちなみに、縁里《えんり》が火がついたボールを打ち込むイベントはさすがに中止になった。

「アタシ、ずっと見張っとくつもりだったけどね。目が血走ってて生徒たちが怖がるからちょっと頭冷やしてこいって、先輩に言われちゃって」

「詩夜《しや》ちゃん、なにしてんの……」

このお姉《ねえ》さんこそ、誰より真面目で責任感が強いのはわかってるけど、生徒を楽しませるどころか怖がらせてどうするの。

「あ、ダンスが始まるみたいよ。マコ、踊ってきたら?」

「残念ながら踊る相手はいないんで」

グラウンドのスピーカーから音楽が流れ出している。

みんな、恐る恐るといった様子でお相手を誘って、自然と炎の周りに輪がつくられつつある。

中には、堂々と踊り始めてる陽キャのみなさんもいるけど。

「縫《ぬい》はアイドルだから特定の相手と踊らない。カレン先輩は、後夜祭には参加してないみたい。劇で充分目立ちすぎたから、これ以上は文化祭に関わらないって。美春《みはる》はスタッフだしね」

「あら、寂しいこと。本当は美人女子大生があぶれた可哀想《かわいそう》な思春期男子と踊ってあげたいところだけど――」

詩夜ちゃんが、くるりと背中を向ける。

「アタシは、やっぱりマコのお姉ちゃんみたい。マコのこと、ちょっと格好《かっこ》いいと思ったけど――やっぱり弟として可愛《かわい》いなあって。どんなにマコが格好よく見えても、キスするより撫《な》でてあげたくなっちゃうくらいだからね」

詩夜ちゃんは、背中を向けたまま言って――

その背中が、どうしても寂しく見えてしまう。

「恋愛とかそういうのは、アタシたちの間には入り込めそうにないよ」

「……詩夜ちゃん？」

「そこでもじもじしてる人もいるからね。怖いから、アタシはその辺を見回ってくるよ」

「え？　それって――」

詩夜ちゃんが、親指で指し示したところに――

「べ、別に彩木《さいぎ》くんと踊りたいわけじゃないんだからね！　それに、わたしと君が踊ったらまた変な噂《うわさ》が立っちゃうでしょ！」

まだツンデレが続いてた。

詩夜《しや》ちゃんは振り向かずに歩いていってしまって——

残されたのは、僕と真香先生だけ。

炎の周りで踊る生徒たちの歓声が、妙に遠くに聞こえる。

「美春《みはる》さんに続いて、京御《けいみ》さんも脱落かしら。ふふふ、順調に始末できてるわね」

「こらこら、恐ろしいことを言わないでください」

でも、そういうことなのかな。

詩夜ちゃんは、僕の〝お姉《ねえ》さん〟に戻っちゃったんだろうか。美春が妹に戻ったように。

「ま、ちょっとくらいなら……いいかしら。みんな、ファイヤストームに夢中みたいだし。夢中になってくれないと困るけどね。無理を通して、学校に許可させたのだから」

「わっ……」

真香先生は、僕の手を引いてグラウンドの隅のほうへ。

そこはファイヤストームの炎の灯《あか》りも届かず、薄暗い。

「ほら、彩木くん。もっとリズムに乗って。そう、わたしに合わせなさい」

「真香《まか》先生……」

「だ、大丈夫かなあ。他の生徒に見られたら……」

「他の先生方も何人か踊ってるわよ、ほら」

確かに、炎の周りには何人かの姿が——白衣姿のひより先生もいる。次々とダンス希望のお相手が押しかけてるみたいだ。

「真香《まか》先生のところにも殺到しちゃいますよ」

「バレる前に逃げるわ。そういうのは大得意なの」

「さすが、ポンコツを二四年間隠し通しただけのことはありますね……」

「あの風花《ふうか》先生だって、わたしの本性までは見抜けなかったのよ」

「もはやポンコツを否定しないのが凄《すご》い」

僕は、真香先生と不器用に踊りながら、ふと思う。

風花先生——あなたがやっぱり気になりますよ。

真香先生とどんな言葉を交わして、どんな表情を見せて——どうしてもういないのか。

「ファイヤストームを実現させたのは、わたしたちの世代だけど、あのときの後夜祭では踊らなかったのよね、わたし」

「え？　どうしてですか？」

「高嶺《たかね》の花《はな》だもの。雲の上の人がわざわざ下界に降りていって踊ってあげたりしないの」

「高嶺の花というより、単なる高飛車《たかびしゃ》じゃないですか」

縁里《えんり》じゃないんだから。

「風花先生も気にしてたわね。せっかくの後夜祭なんだから、踊ればいいのにって。今頃、あの人も喜んでるんじゃないかしら。数年越しだけど、やっと踊れたんだもの」

「僕なんかがお相手で、風花先生は納得してくれますかね」

「あの人が愛してたフィアットを悪夢とか呼んでる悪い子だとダメかもね」

真香先生は、くすくす笑いながら踊り続けてる。

いや、僕は風花先生にはなによりも十代の真香ちゃんに安全運転ってものを教えておいてほしかった。

「なかなか楽しそうだな、彩木慎《さいぎまこと》」

「むー、彩《さい》くんってばこのあたしをほったらかしにして」

「せんせー、くーが帰ったと思って、うわきですか……？」

「あれぇ!?　なんで三人がいるの!?」

真香先生と手を繋《つな》いだまま、急に湧いたように現れたＳＩＤ《シド》の三人を凝視してしまう。

「帰ったと見せかけて、残ってたんだ。後夜祭を見守るつもりでな。ファイヤストーム絡みでなにかあれば、いよいよのときは私が出張《でば》るのも仕方ないかと」

「後夜祭はもう勝手に盛り上がってるから、司会はいらないしね」

「おかーさんを校門にたいきさせて、こっそり入ってきました」

こらこら、高等部の二人はともかく、幼女さん！

「やはり、コソコソと藤城《ふじき》先生と会っていたか。こうなると、もう私たちも黙ってはいられないな」

カレン先輩が近づいてきて、僕と真香《まか》先生はさすがに手を放す。

「今回の文化祭はトラブルが多すぎたからな……攻撃しきれなかったが、こんな逢引《あいび》きを見せられては我々が手ぬるかったと反省せざるをえない」

「あ、逢引きって、カレン先輩……」

「私たちSID《シド》は、藤城先生に戦いを挑む！　今度こそ、彩木慎《さいぎまこと》をSIDの誰かが手に入れてみせる！　もちろん私だろうがな！」

「あたしは、これまでのあたしとは違うよ！　もうただの美少女グラドルだと思わないことだね！」

「わ、私は一番時間がたくさんありますから！　真香ちゃんせんせーが老いてこの世を去ったあとに、せんせーを手に入れることも可能です！」

特に、くーの手口が凄《すご》くツッコミどころ満載だけど……。

SIDが本気を出してきた……そういえば、カレン先輩とくーは変に焦ってたし。

マジで、手加減無しで来るのかも。

「やれやれ、もう三人の当番回は終わってるのに。でも、バレては仕方ないわね、わたしは——わたしこそが、彩木くんのカノジョ先生よ」

「は？　なにを言ってるんだ、藤城先生？」

「カノジョ先生？　なんかイタいなあ、真香ティー」

「先生がカノジョじゃダメですよね、真香ちゃんせんせー？」

「…………小娘たち」

真香先生が、ぐぬぬ顔。

残念ながら、ＳＩＤの三人のご発言はごもっともだ！

「ふっ、なんとでも言うがいいわ。そうね、なんだかつい最近もあなたたちの迎撃を誓った気もするけど……今度こそ最終決戦よ」

真香先生は、にやりと不敵な笑みを浮かべ——

「ＳＩＤと手を組むのは終わりにするわ。今日からわたしは——あなたたちの敵よ！」

真香先生は笑ったまま、びしりとＳＩＤメンバーに人差し指を突きつける。

美春《みはる》に続いて詩夜《しや》ちゃんの脱落——

だけど、僕と真香先生、ＳＩＤメンバーの因縁はまだまだ終わってくれないらしい。


↓真香先生ＶＳ．ＳＩＤ（ファイナルマッチ！）スタート！

あとがき

どうもこんにちは、鏡遊《かがみゆう》です。

このあとがきを書いている現在、世界は大変なことになっていますが、娯楽を提供する人間の端くれとして、明るさを忘れずに生きていきたいなと。

個人的な近況としては、アニマルたちが住む森に移住して、魚を釣ったり虫を捕ったりたぬきを陥れるチャンスを狙ったりしつつ平和に暮らしています。

7巻は文化祭編です。やはり、学園ものでは外せないイベントですよね。春から始めたので、秋の学園祭シーズンまで物語を続けられない可能性もありましたから、感無量です。

模擬店かステージか、真香《まか》先生クラスはどちらをやるか悩んだのですが、先生を活躍させるなら演劇だろうと。先生がクレープを焼いたりしても絵ヅラ的に地味ですからね。まあ、普通の先生は演劇に参加しないでしょうけど。ウチの先生は一味違います。

作者が文化祭でステージイベントをやったことがないので、憧れているというのもありますね。毎年模擬店で、文化祭スタッフでもないのに食材の手配や経理を見ていたようないいように手伝わされて、今回の彩木《さいぎ》くんみたいな立場でしたね。

ああ、作者の自分語りなどどうでもいいですね（そうなの？）。

今回はお祭りを楽しく描きつつ、詩夜《しや》ちゃんのお当番回でもあります。女子大生ヒロインはいいですね……学生でありながら、お姉さん感をたっぷり出せる属性なんですよ。

いつか大学モノも書きたいくらいですが、ラノベだと企画が通しにくいので、詩夜ちゃん編を目一杯楽しんで書きました。一度は詩夜ちゃんに着せたかった衣装も無理なく着用させられたので満足です。しかし、今さらですがコスプレの多い作品ですね、ええ。

孟倫《モンリン》・星河蟹《ホシガニ》両先生による真香先生、ＳＩＤ《シド》がめっちゃ可愛《かわい》いコミカライズも連載中です。コミックス２巻もこの７巻とほぼ同時発売ですので、よろしくお願いします！

おりょう先生、いつも新規衣装が多い作品ですが、今回はまた特殊な衣装が出まくって、大変だったかと思います。どのデザイン、イラストも素晴らしくて本当に嬉《うれ》しかったです。特に表紙の『僕のメイド先生』は最高です！　ありがとうございました！

担当様、この本の制作・販売にかかわってくださった皆様、ありがとうございます！

そして、読者の皆様に最大限の感謝を！

２０２０年春　鏡遊

ファンレター、作品のご感想をお待ちしています

あて先

〒102-0071 東京都千代田区富士見2-13-12
株式会社KADOKAWA MF文庫J編集部気付
「鏡遊先生」係 「おりょう先生」係

読者アンケートにご協力ください!

アンケートにご回答いただいた方から毎月抽選で
10名様に「オリジナルQUOカード1000円分」をプレゼント!!
さらにご回答者全員に、QUOカードに使用している画像の無料壁紙をプレゼントいたします!

■ 二次元コードまたはURLよりアクセスし、本書専用のパスワードを入力してご回答ください。

http://kdq.jp/mfj/ パスワード hcaev

●当選者の発表は商品の発送をもって代えさせていただきます。
●アンケートプレゼントにご応募いただける期間は、対象商品の初版発行日より12ヶ月間です。
●アンケートプレゼントは、都合により予告なく中止または内容が変更されることがあります。
●サイトにアクセスする際や、登録・メール送信時にかかる通信費はお客様のご負担になります。
●一部対応していない機種があります。
●中学生以下の方は、保護者の方の了承を得てから回答してください。

MF文庫J

僕のカノジョ先生 7

2020年6月25日　初版発行

著者　鏡遊

発行者　三坂泰二

発行　株式会社 KADOKAWA
〒102-8177 東京都千代田区富士見2-13-3
0570-002-001（ナビダイヤル）

印刷　株式会社廣済堂

製本　株式会社廣済堂

Printed in Japan　ISBN 978-4-04-064733-3 C0193

◇◇◇